명산(名山)·명사(名寺)에서 명차(名茶)가 난다

村顔 朴 永 煥

preface

책을 내면서…

중국의 역대 명차(名茶)들의 그 근원을 가만히 살펴보면 어렵지 않게 몇 가지 공통점을 발견하게 된다. 그것은 바로 명산(名山)에서 명차(名茶)가 생산 된다는 것과 명산(名山)에는 반드시 유명한 불교사원이 어김없이 자리 잡고 있다는 점이다. 차가 성장하기에 적합한 기후와 토양 등의 자연적, 환경적 요인에 의해 자생(自生)을 하였든 또는 인간이 그러한 조건 등을 선별하고 이용해서 차를 심고 재배를 하였든 간에, 어쨌든 명산(名山)과 명사(名寺) 그리고 명차(名茶)가 불가분의 관계로 함께 어우러져 있다는 점이다. 중국 역대의 각종 문헌, 시구(詩句) 또는 민간 전래의 속설 그리고 전통 있는 차관(茶館) 등에 주로 많이 나붙어 있는 대련(對聯) 중에 "명산생명차(名山生名茶)", "자고명사출명차(自古名寺出名茶)"라는 글귀가 심심찮게 자주 등장하여 이러한 사실을 잘 입증해주고 있다. 본서(本書)는 불교의 유명사찰과 명산(名山)을 중심으로 기원하여 발전, 생산된 중국의 명차들에 대해 살펴보고자 한다.

불교사원에서 최초로 생산된 중국의 명차(名茶)

차를 애호하는 다인이라면 누구나 한번쯤 차의 발상지나 기원지에 대해서 관심을 갖게 되지만 또 한편으로는 그 기원의 역사를 제대로 살피지 못하고 건성으로 지나쳐 버리기도 한다.

중국의 역대 명차를 꼼꼼히 상고(上考)해보면 그 중에는 불교사원에서 최초로 심고 재배하고 또 새롭게 창출해 낸 차들이 아주 많이 있다. 이러한 역사적 사실들은 각종 고문헌이나 중국의 민간전설 중에서도 심심찮게 나타나고 있다. 특히 이러한 역사적 고찰은 시대를 거슬러 올라가면 올라갈수록 더욱 두드러지며 거의 대부분의 중국 명차의 기원이 이 범주를 벗어나지 못하고 있을 정도이다. 그 기원적 배경이 불교사원과 인연을 두지 않고 있더라도 불교의 고사(故事)와 관련이 있거나 또는 시대를 내려오면서 불교사원을 중심으로 그 제다법이 창신(創新)되고 발전하여 온 차들이 많은 것을 발견할 수가 있다. 이러한 역사적 배경과 원인들은 직·간접적으로 불교의 영향 속에서 탄생한 것이거나 혹은 과거 중국인들의 불교에 대한 강한 신앙심에서 비롯된 것일 거라 생각한다.

중국차의 발원지인 사천성(四川省) 아안(雅安) 몽산(蒙山 또는 蒙頂山)에서 생산되는 '몽산차(蒙山茶 또는 蒙山頂茶)'는 '선차(仙茶)'라고도 하는데 전설에 의하면 한(漢)나라 때 감로사(甘露寺)의 보혜선사(普慧禅师)가 직접 심었다고 전한다. 그 품질이 매우 우수하여 황제에게 바치는 공차(貢茶)의 반열에까지 오르게 되었다. 이는 중국 최초의 식차(植茶) 재배이자 최초의 공차(貢茶)로 알려져 있다. 그리고 절강성의 보타산(普陀山), 안휘성의 구화산(九華山), 산서성의 오태산(五台山) 등과 함께 유네스코 [UNESCO] 에서 '불교사대명산(佛教四大名山)'으로 지정된 아미산(峨眉山)은 이미 진대(晋代) 때부터 차를 심기 시작하였고, 여기서 생산되는 아미차(峨眉茶)는 당대에 이미 그 명성을 떨쳤다. 아미산의 흑수사(黑水寺) 뒤에는 아직도 천년 수령의 고차수(古茶樹) 한 그루가 세월의 무게도 아랑곳없이 떠-억하니 버티고 서 있다. 역사에 의하면 이곳 승려들이 이 차수에서 찻잎을 채취한 뒤 그 유명한 '설아(雪芽)' 차를 만들어 황제에게 공차(貢茶)로 바쳤다고 한다.

현재 중국의 최고의 명차로 서방에까지 널리 알려진 복건(福建) 무이산(武夷山)에서 생산되는 '무이암차(武夷岩茶)'는 오룡차(烏龍茶)의 원조로 불려 지는데 이 차는 사찰에서 제다(製茶)한 것을 최고

정품으로 치고 있다. 특히, 무이암차(武夷岩茶)는 승려들이 직접 채다(採茶)하였는데 찻잎을 따는 절기에 따라 각각 '수성미(寿星眉)'와 '연자심(莲子心)' 그리고 '봉미용수(凤尾龙须)' 등 세 종류의 명차로 구분된다.

당나라 대종(代宗: 768년) 때에 황제로부터 '국일대각선사(國一大覺禪師)'로 봉해진 법흠(法欽)선사는 절강 항주시 여항(余杭)에다 일본의 '다선일미(茶禪一味)'를 전파한 본고장으로 유명한 '경산사(徑山寺)'를 창건하고 오직 부처님께 차를 공양하기 위해 직접 차를 심고 재배하기 시작하였는데 이것이 경산사와 함께 명성을 떨치고 있는 '경산차(徑山茶)'이다.

북송 때에는 강소성 동정산(洞庭山) 수월원(水月院)의 산승이 직접 채다(採茶)하여 제다한 '수월차(水月茶)'가 있었는데 이것이 바로 그 유명한 '벽라춘(碧螺春)'이다. 또한 명나라 융경(隆慶: 1567~1572년) 연간에는 '대방(大方)'이란 승려가 차를 만들었는데, 그 제다가 매우 정묘(精妙)하여 생산되자마자 곧 세상에 그 명성을 떨치게 되었다. 사람들은 이 차를 가리켜 속칭 '대방차(大方茶)'라 불렀으며, 현재 환남차구(皖南茶区)에서 생산되고 있는 '둔녹차(屯绿茶)'의 전신이 된다.

절강성 경녕현(景寧縣) 적목산(赤木山) 혜명사(惠明寺) 주위에서 생산되는 '혜명차(惠明茶)'는 그 역사가 유구할 뿐만 아니라 지금도 그 명성이 굉장하다. 1915년 파나마 만국박람회에서 '차중진품(茶中珍品)'으로 공인받고 영예의 금장(金奬)을 수상한 이래 더욱 그 명성을 떨치고 있다.

그 외에도 유네스코가 지정한 중국의 '불교사대명산(佛敎四大名山)' 중의 하나인 보타산(普陀山)의 '보타불차(普陀佛茶)', 중국 최고의 차 '황산모봉(黃山毛峰)'의 전신인 황산 '운무차(云雾茶)', 운남성 대리(大理) 백족(白族)이 즐겨 마시는 삼도차(三道茶)의 중심차가 되는 대리(大理) 감통사의 '감통차(感通茶)', 일본 다도의 효시를 이룬 절강성 천태산(天台山) 방광사(方廣寺)의 '나한공차(罗汉供茶)'의식에 중심이 되는 나한공차, 항주 법경사(法镜寺)의 '향림차(香林茶)' 등은 모두 불교사원에서 최초로 생산된 중국의 명차들이다.

수차례에 걸친 필자의 '중국차문화기행' 중에서 필자는 수많은 중국의 현지인들을 사귀고 또 그들에게서 생각지도 못한 많은 도움을 받게 되었다. 출판에 즈음하여 그들에게 삼가 진심으로 감사의 뜻을 전하고 싶다.

서남민족대학(西南民族大學) 도서관장 오건국(吳建國) 교수와 역사과 장세균(張世均) 교수, 사천사범대학의 소릉(紹陵)선생, '몽정산세계차박물관(蒙頂山世界茶博物館)'의 이아군(李亞軍) 부경리(副經理)와 곽우운(郭友雲) 부경리, 항주(杭州)의 장홍철(張洪哲)선생, 동국대학(경주) 교환학생으로 왔던 '서남민족대학(西南民族大學)'의 장열(張悅), 서남민족대학 다예반 학생회장 전야(田野), 안계(安溪) 서평진(西坪鎭)의 첨온영(詹溫榮)선생과 그의 아내 전설교(田雪嬌)씨, 무이산(武夷山)의 이수생(李水生)씨 등에게 사의(謝意)를 표한다. 그 외에도 지면 관계상 일일이 다 거명하지 못한 분들이 많다. 그 분들께도 심심한 사의를 표한다.

contents

차 례

선차(仙茶)의 고향 몽산(蒙山)을 찾아서

최초의 식차지(植茶地) 몽산(蒙山)과 최초의 공차(貢茶) 몽정차(蒙頂茶)

오랜 세월의 풍상 속에서도 빛바래지 않고 변함없이 다인들 사이에서 널리 회자되고 있는 유명한 대련(對聯) 중에는 "揚子江中水, 蒙頂山上茶(양자강중수, 몽정산상차)"란 문구가 있다. 이는 천하제일천인 양자강 중령천(中泠泉) 물과, 몽정산(蒙頂山)에서 나는 차가 최고임을 극찬하는 말이기도 하지만 또 한편으로 서로 잘 어울리는 최고의 차와 샘물을 일컫는 말이기도 하다.

몽정산 입구

'몽정(蒙頂)'은 몽산(蒙山)의 정상을 일컫는 말이다.

그래서 몽산은 몽정산(蒙頂山)이라고도 불리어 진다. 몽산은 현재 사천성 성도(成都) 평원의 서부에 위치하고 있으며 지역은 '명산현(名山縣)'과 '아안현(雅安縣)'에 걸쳐 있다. 몽산에는 기이한 봉우리와 오래 된 차나무(古茶樹)들을 곳곳에서 볼 수 있음은 물론 불교사찰 또한 곳곳에 자리 잡고 있다. 몽산은 연 강우량이 많고, 사철 안개가 자욱하고 구름이 많은 기후적 특징 때문에 거의 일 년 내내 온 산이 비와 운무로 뿌옇게 덮여져 있다. 몽산(蒙山)은 한자에서 보이듯이 '덮여져 있는 산'이란 뜻이다. 즉 사계절 내내 안개에 덮여있는 산이란 뜻이다. 몽산의 이름은 바로 이러한 기후적 특징에서 유래되었다. 이는 차를 심고 재배하기엔 더할 나위 없이 천연적인 환경조건을 구비하고 있어 가히 하늘이 내리신 땅이라

'선차고향' 표석

해도 전혀 손색이 없는 곳이다. 차를 심고 재배하는 차(茶)농사꾼이라면 누구나 이곳에 와서 감탄을 금치 못할 뿐만 아니라 이곳 어느 한쪽의 땅에서라도 차를 심고 재배하고 싶은 욕구를 억누르지 못할 것이다.

아주 오래전부터 고대 중국인들은 찻잎을 발견하고 약용(藥用)으로 쓸 줄 알기 시작하면서부터 야생차수를 대량으로 채취하였다. 육우(陸羽)가 지은 『다경(茶經)』「일지원(一之源)」에는 "벌이철지(伐而掇之)"라는 기록이 보인다. 이 내용에 의하면 고대에는 낫, 도끼, 톱 등의 도구를 사용하여 야생차나무의 가지를 쳐서 땅 위에 떨어진 가지에 붙은 찻잎을 줍는 방식이었다는 것이다. 이에 야생차나무는 점점 감소하고 반면 찻잎의 소비는 점점 증가함에 따라 차나무 또한 다른 기타의 농작물과 같이

몽정산 정상의 몽천(蒙泉)

사람의 손을 거치게 되는 인공재배가 불가피하게 되었으며 이는 중국 차(茶)산업의 발전을 촉진시키게 되었다. '차산업(茶産業)'이란 용어는 필자가 임의로 쓴 용어이고, 중국에서는 통상 '차업(茶業)'이라고 한다. 차업의 의미는 그 범위가 실로 방대하여 차의 재배·차의 제작·차의 판매·차의 유통 및 소비자에 이르기까지의 모든 경제행위활동과 그 전체과정을 포괄하고 있다.

현지의 역사자료에 의하면 몽산에서 차를 심기 시작한 것은 지금으로부터 약 2,000여년 전인 서한(西漢) 때부터였다. 중국 사천성 몽산 일대에 전해져 내려오는 민간 구전에 의하면 서한 감로(甘露: 기원전 53년~기원전 49년) 연간에 감로사(甘露寺) 승려 보혜선사(普慧禪師) 오리진(吳理眞)이 직접 일곱 그루의

황다원(皇茶園)

차나무를 심었는데 그 품질이 특이하여 사람들은 이를 '선차(仙茶)'라 부르게 되었다. 몽산 정상에는 오리진이 차를 재배하기 위해 물을 길렀다는 '몽천(蒙泉)'이 있고, 그 뒤편 산기슭에 정방형의 돌난간으로 둘러싸여 보호되어있는 10평 남짓의 비옥한 땅에 일곱 그루의 차나무가 심어져 있는 것을 볼 수가 있다. 입구에 '황다원(皇茶園)'이란 제명이 새겨져 있다. 황다원의 차나무 뒤편 위에는 호랑이 석상이 으르렁거리는 모습으로 차나무를 지키고 서 있다.

황다원(皇茶園)앞에 있는 표석
역대 명차들 중에 몽정차를 가장 먼저 추천한다는 글귀가 새겨져 있다.

몽정차는 당나라 때부터 청나라 때에 이르기까지 약 1,000여 년을 '공차(貢茶)'로 지정되어 매년 황실에 바쳐졌다. 이조(李肇)의 『당국사보(唐國史補)』에는 "검남(劍南: 지금의 사천성을 중심으로 한 그 주변)에는 몽정석화(蒙頂石花), 소방(小方), 산차(散茶)가 있는데 으뜸이다."라는 기록이 보이는데, 이는 모두 몽산에서 나는 차를 일컫는 말이다. 여기서 '산차(散茶)'란 엽차(葉茶)를 말하며, 쪄서 뭉쳐서 만든 덩어리차인 단차(團茶)나 떡차인 병차(餠茶)와 대조를 이루는 용어로 찻잎을 그대로 찌거나 혹은 덖어서 만든 차를 의미한다. 현재 우리가 마시는 녹차의 형태로 만들어진 것으로 이해하면 된다. 매년 조정에 바쳐지는 공차에는 '정공(正貢)'과 '배공(陪貢)' 두 종류가 있다. 정공(正貢)은 조공(朝貢)으로 바쳐지는 공물(貢物)의 정식품목을 뜻하며, 배공(陪貢)은 정공을 따라 부수적으로 바쳐지는 일정치 않은 비정식의 공물 품목을 뜻한다. '정공(正貢)'하는 차는 황제나 황족들이 마시는 차로 바로 '황다원(皇茶園)'에서 재배된 일곱 그루의 선차(仙茶)이다. 그리고 조정대신이나 귀족들이 마시는 데에 제공되

몽정산 천년된 차나무

는 차는 몽산 오봉(五峯)의 곳곳에서 나는 찻잎을 채취하여 제다한 것으로 '배공(陪貢)'에 해당한다.

매년 공차를 제조할 때엔 몽산다원(蒙山茶園)에서는 한해의 차농사의 시작을 알리는 개원(開園)의 예법과 의례가 엄중하고 성대하게 거행된다. 먼저 길일을 선택하고 모든 이들이 목욕재개하고 경건하고 엄숙한 분위기로 의식을 준비한다. 이때 찻잎을 따는 행사가 진행되는데, '찻잎을 따는 승려(採茶僧)'와 '차를 만드는 승려(製茶僧)'의 역할 분업이 엄격히 구분된다. 이렇게 몽정차는 찻잎 따기에서부터

오리진(吳理眞)을 모셔 둔 다신전(茶神殿)
뒤에는 몽정차를 찬양해 놓은 수많은 비석들이 있다. 그 중에서 왼쪽 두 번째에 인간제일차(人間第一茶)라고 쓴 글귀가 눈에 띈다.

차 만들기에 이르는 모든 공정에서부터 일반 차와는 현격한 차이를 보이며, 그 품질에서 또한 월등히 뛰어나기 때문에 역사적으로도 많은 문인(文人), 아사(雅士)들의 아낌없는 극찬과 평가를 받을 수 있었던 것이다. 당나라 때의 대시인 백거이(白居易)는 그의 시에서 "차 중의 고향은 바로 몽산이로구나(茶中故舊是蒙山)."라고 하였다. 그리고 또 같은 시대를 산 여양왕(黎陽王)은 『몽산백운암다시(蒙山白雲巖茶詩)』 중에서 "만약에 육우로 하여금 차품평에 대한 공론을 주최하게 한다면, 마땅히 몽정차를 '인간제일차'라 했을 것이다."라고 몽정차(蒙頂茶)에 대해 극찬을 하였다.

역사적으로 볼 때 몽정차의 종류는 매우 많지만, 현재 제대로 회복된 정형적인 몽정차로는 주로 '몽정석화(蒙頂石花)'와 '몽정감로(蒙頂甘露)' 두 종류가 있다. 몽정석화는 납작하고 곧은 형태로 '불 쬐이기(烘焙)'와 덖음(炒靑)과정을 거친 녹차이다. 청명(淸明) 전에 막 움튼 어리고 여린 뾰족한 싹인 일창(一槍)을 채취하여 만든 것으로 외형은 납작하고 곧으며 하얀 솜털(백호, 白毫)이 덮여 있다. 그 형상이 마치 산석(山石) 위에 핀 석화(石花)와도 같고 맛은 감미롭고 신선하며 여린 맛이다. 중국에서는 청명절(淸明節) 전에 딴 찻잎으로 만든 차를 가리켜 '명전(明前)'이라고 하며 최고의 찻잎으로 친다. 우리나라에서 곡우 전에 딴 잎을 우전(雨前)이라고 부르는 것과 같다. 그리고 '일창(一槍)'이란 차나무 끝에서 마치 창끝처럼 뾰족하게 갓 움튼 찻잎 싹을 뜻하는 것으로 찻잎에서는 최고로 친다.

'몽정감로(蒙頂甘露)'는 구불구불하게 말린 형태의 덕음(炒靑)녹차이다. 차명을 '감로'라고 명명한데는 두 가지 이유가 있다.

몽정석화(건엽)과 차를 우려낸 모습

첫째는 서한(西漢) 때 선제(宣帝) 유순(劉詢)의 '감로(甘露: BC53년~ BC50년)' 연간에 몽산 감로사의 보혜선사 오리진(吳理眞)이 몽산에다가 최초로 차를 심고 인공 재배하였기 때문에, 후인들은 이를 기념하기 위해 당시 한나라 황제 유순의 연호(年號)였던 '감로'로 차의 이름을 명명하였다. 범어(梵語)에서 감로는 시조를 생각하다는 뜻이 있다고 한다.

두 번째 이유는 차의 맛이 아주 신선하고 부드러운 것이 마치 감로와 같고 차의 품질이 일반 여타의 차들보다 월등함을 상징한다는 뜻이 담겨져 있기 때문이다. '몽정감로'의 외형은 구불구불 말려있고 하얀 솜털이 매우 많으며 그 색이 녹색 윤이 난다. 향기는 아주 깔끔하며 맛이 순후하고 감미로우며 싹 잎이 마치 꽃봉오리 같다.

몽정감로(건엽)

이외에도 황차 종류에 속하는 '몽산 황아(黃芽)'가 유명한데 여태껏 맛 본 타 지역의 명차와는 그 맛이 참으로 사뭇 달랐던 기억이 아직도 생생하다. "진향무미(眞香無味)"라 했던가? 그 맛이 순후하면서도 회향하는 맛이 아주 섬세하게 느껴지는 것이 어떤 말로도 참으로 표현하기 어려웠던 기억이 난다.

몽산은 차를 재배하기에 실로 천연의 자연조건을 다 갖추고 있을 뿐만 아니라 몽산 차밭을 오르는 산 곳곳에 자리하고 있는 여러 불교 고찰들은 과거 오랜 세월동안 불승들이 몽정차에 미친 영향이 어떠했는가를 짐작케 해주고 있다. 지금도 몽정산 지구사(智矩寺)의 선승들은 중국 내에서 거행되는 몽산 일대에서 거행되는 차문화 행사는 물론 대내외적인 국제차문화제에도 참가하여 자신들의 '선차(禪茶)' 다예를 대중들에게 시범하곤 한다.

몽정황아 건엽과 찻물로 우려낸 모습

명산(名山)현에서 몽산(蒙山)으로 들어가는 입구

천하명산(天下名山) 아미산(峨眉山)의 명차(名茶)
설아(雪芽), 아예(峨蕊), 죽엽청을 중심으로

아미산(峨嵋山) 정상(金頂)-(사진: 중국 成都의 張悅)

아미산(峨眉山)은 중국 사천성(四川省) 아미시(峨眉市)의 서남부에 위치하고 있으며, 산봉우리가 서로 마주하고 있는 모습이 마치 눈썹(아미: 蛾眉)과도 같다 하여 '눈썹 아(蛾)'자와 같은 음인 '높을 아(峨)' 자로 바꾸어 그 이름을 '아미산(峨眉山)'이라 명명하였다. 아미산은 원래 대아(大峨) '이아(二峨)' 삼아(三峨)로 구분되는데, 일반적으로 흔히 말하는 아미산은 대아미(大峨眉)를 가리킨다. 이곳은 기후의 수직분포가 뚜렷하여 '식물의 왕국'이라 일컫는다. 따라서 진귀한 동물들 또한 매우 많다.

아미산은 절강성의 보타산(普陀山), 안휘성의 구화산(九華山), 산서성의 오태산(五台山) 등과 함께 '세계자연문화유산(유네스코[UNESCO])'에서 '불교사대명산'으로 지정된 중국의 명산 중의 명산이다.

아미산은 그 절경이 빼어날 뿐 아니라 그 산세 또한 웅장하여 예부터 천하 사람들은 모두 "아미산은 세상에서 빼어나다.(峨眉秀天下)"라고 예찬했다. 아미산에는 보국사(報國寺), 만년사(萬年寺), 청음각(淸音閣), 금정(金頂), 백룡동(白龍洞) 등의 여러 명승고적들이 많기로도 유명하다. 특히 그중에서도 절대 빼놓을 수 없는 것은 바로 아미산이 명차(名茶)의 고장이란 점이다. 아미산 일대의 역사를 기록한 『아미지(峨眉志)』에 의하면, "아미에

아미산 보국사(사진제공: 서남민족대학 역사과 方小伍선생)

는 약초가 많은데, 그 중에서도 특히 차가 아주 좋아 세상의 다른 것과는 사뭇 다르다."라고 극찬하고 있다.

아미산의 대표적인 명차로는 설아(雪芽)·아예(峨蕊)·죽엽청(竹葉青) 등이 있다.

아미산(峨眉山)은 이미 진대(晋代) 때부터 차를 심기 시작하였고, 여기서 생산되는 아미차(峨眉茶)는 당대(唐代)에 이미 그 명성을 널리 떨쳤다. 아미산의 흑수사(黑水寺) 뒤에는 아직도 천년 수령의 고차수(古茶樹) 한 그루가 세월의 무게도 아랑곳없이 버티고 서 있다. 이곳 승려들은 매년 이 차수에서 찻잎을 채취한 뒤 그 유명한 설아차(雪芽茶)를 만들어 황제에게 공차(貢茶)로 바쳤다고 한다. 또한 남송(南宋)의 애국 시인 육유(陸遊)는 자신의 시에서 "아미산의 설아(雪芽)가 당대의 최고의 명차이자 공차였던 고저(顧渚)의 자쟁(紫箏)보다 결코 못하지 않다."고 하였다. 고저(顧渚)는 현재 중국 절강성의 고저산을 뜻하며, 자

아미산 입구(사진제공: 서남민족대학 역사과 方小伍선생)

쟁은 고저산에서 나는 유명한 차이름이다. '설아'는 지금도 생산되고 있는 고대 명차로서 그 가격이 비교적 비쌀 뿐만 아니라 생산량이 그리 많지가 않다. 그래서 외부인들에게는 많이 잊혀져가는 차이긴 하지만 그래도 아미산 주변의 현지인들에게는 여전히 그 명성이 남아 있어 널리 애음(愛飮)되고 있다. 필자가 사천에서 유학시절 중국인 모교수로부터 우연히 선물 받아 마셔본 '설아'는 그 맛이 참으로 순후할 뿐만 아니라 여느 녹차와는 달리 차성(茶性)이 아주 부드러웠던 기억이 난다. 그러면서 입 안에서 은은히 감도는 그 향기는 아주 섬세하고 부드럽고 여린 것이 마치 "진향무미(眞香無味: 참된 향기는 그 맛을 알 수 없다.)"의 진수를 맛보는 듯 하였다. 차를 마신 후, 차의 엽저(葉底)를 보니 아

죽엽청 건엽

주 좋은 최상급의 차싹(茶芽)으로만 만들었음을 금방 알 수가 있었다. '엽저(葉底)'란 찻물을 다 우려낸 젖은 찻잎을 가리키는 다도 용어이다. 그 뒤로는 몽정산의 '황아(黃芽)'를 제외하고는 한 번도 그런 맛을 볼 수가 없었다.

중국에서는 멍석이나 명주 천을 바닥에 깔고 찻잎 비비는 것을 가리켜 '유념(揉捻)'이라고 한다. '아예(峨蕊)'는 그 유념(揉捻) 상태가 매우 긴밀하고 섬세하며, 하얀 솜털같이 백호(白毫)가 두드러지게 나타난다. 아울러 그 외형이 마치 화예(花蕊)와 같다는 것이 이 차의 최대 특징이며 이로 인해 차 이름을 아미산의 '아(峨)'자와 화예의 '예(蕊)'자를 합쳐서 '아예(峨蕊)'라 하였다. 화예(花蕊)란 꽃의 암술 수술을 통칭하는 '꽃 술'을 뜻한다. '아예'는 주로 아미산 산허리에 위치한 흑수사(黑水寺), 만년사(萬年寺), 청음각(淸音閣), 백룡동(白龍洞) 일대에 많이 분포하고 있다. 이곳 주변은 여러 산(山)들이 병풍처럼 둘러 싸여 있어 일 년 내내 운무가 짙게 깔려 있고, 기후가 적합하며 토질이 비옥하여 차나무 생장에 있어

죽엽청 포다 모습

서는 더할 나위 없는 이상적인 차재배지이다.

'아예'는 청명(淸明) 전 10일을 좌우해서 차싹(茶芽)이 '벼의 낱알'만한 크기쯤으로 펴질 때에 따서 즉시 제다(製茶)에 들어간다. 대체로 공정과정은 일반적으로 4번의 덖음(볶음: 炒)과정과 3번의 비비기(유념: 揉捻)과정, 1번의 불 쬐기(홍배: 烘焙)과정을 거쳐 꽃과 같은 모습의 찻잎으로 완성된다.

아미산의 명차 중에서 그 명성을 가장 떨치고 있는 것은 역시 '죽엽청(竹葉靑)'이라 할 수 있다. 죽엽청은 위에서 상술한 두 명차보다 그 역사가 비기지도 못할 정도로 훨씬 뒤떨어졌음에도 불구하고 현대에 새롭게 탄생한 중국의 명차라는 점에서 크게 주목할 만하다. 1964년 4월 하순, 당시 중국 국무원 부총리였던 '진의(陳毅)' 일행이 사천 지역을 시찰하다가 잠깐 아미산을 들린 적이 있었다. 그때 진의부총리 일행이 아미산의 만년사(萬年寺)에서 잠시 쉬어가게 되었는데 만년사의 어

1인용으로 낱개 포장된 죽엽청

느 노승이 새로 딴 녹차를 진의에게 대접하였다. 진의가 그 차를 두어 모금 마셔보니 차향이 코를 찌르고 입안에는 순후한 차 맛이 입안에서 감도는 게 정신이 번쩍 들고 모든 피로가 싹 가시는 듯하였다고 하였다. 이에 진의가 노스님에게 "이 차는 어디서 나는 차요?"하고 묻자, 노스님은 "이 차는 우리 아미산에서 나는 토산차인데 좀 독특한 비법으로 만든 겁니다." 라고 대답하였다. 그러자 진의는 또다시 "이 차 이름이 무엇이오?"라고 물었다. 노스님은 "이 차는 아직 이름이 없습니다. 청컨대 부총리께서 이름을 하나 지어 주십시오."하고 말하자 진의는 "나는 속된 입으로 속언(俗言)을 하는 속인(俗人)에 불과한데, 내 어찌 감히 세속에 물들지 않은 이 고상한 차 이름을 짓는 영광을 누릴 수 있겠소?" 라고 사양하자, 노스님은 막무가내로 거듭 청하였다. 이에 진의는 무척 기뻐하며 말하기를 "내가 보기에 이 차는 모양

상해탄에 있는 진의(陳毅)의 석조 입상

이 대나무 잎(竹葉)같고, 빛깔이 아름답게 푸르고 보기가 좋으니 '죽엽청(竹葉青)'이라 부릅시다." 이로써 중국의 명주(名酒) 중의 하나인 '죽엽청주(竹葉青酒)'와 동명(同名)인 '죽엽청차(竹葉青茶)'가 탄생하게 되었다.

죽엽청도 '아예(峨蕊)'와 마찬가지로 해발 800~1,200미터의 아미산 중턱에 위치하고 있는 흑수사(黑水寺), 만년사(萬年寺), 청음각(淸音閣), 백룡동(白龍洞) 일대에 많이 분포하고 있다.

'죽엽청'차는 '아예'보다 훨씬 더 신선하고 부드러운 차싹을 재료로 하고 있다. 청명 전 3~5일 좌우에 채적한 어린 차싹으로 죽엽청차를 만드는데 사용하는 차싹은 '일아일엽(一芽一葉)'이나 '일아이엽(一芽二葉)'을 표준으로 삼고 있는데, 차싹이 처음 막 벌어지려고 하는 신선하고 연한 싹을 따서 사용하며 크기가 일치하여야 한다. 일아일엽(一芽一葉)은 일창일기(一槍一旗)라고도 하며, 차나무 맨 위에 창처럼 뾰족하게 갓 움

아미산 청음각(淸音閣) (사진제공: 서남민족대학 역사과 方小伍선생)

터 나온 새싹 하나와 그 아래 바로 달려있는 여린 첫 잎을 가리키는 말이며, 이것으로 만든 차를 최고의 차로 친다. 일아이엽은 일창이기(一槍二旗)라고도 하며, 한 싹과 그 아래 달려있는 첫 번째 찻잎과 두 번째 찻잎까지를 가리키는 말이다.

죽엽청의 완제품은 통상 고온의 살청(殺靑: 차 시들기)과 삼초(三炒: 세 번 덖음) 삼량(三凉: 세 번 열 식히기) 등의 여러 과정을 거쳐 완성된다. 완성된 죽엽청차의 외형은 용정차(龍井茶)처럼 납작하고 곧은 편직형(扁直形)을 취하면서 용정차(龍井茶)보다는 오히려 약간 가늘고 긴 모양을 하고 있다. 또한 평평하고 매끄러우며 취록(翠綠)색과 백호(白毫)가 두드러지고, 형태가 마치 대나무 잎(竹葉)을 닮은 것이 최고의 특징이다. 죽엽청은

아미산 정상의 금정사 대웅전-(사진: 중국 成都의 張悅)

강희제(姜熙帝) 어필의 아미산 암각자

그 향이 그윽할 뿐만 아니라 유리잔에 차를 우리게 되면 찻잎이 수면에 곧게 서 있다가 한 잎씩 한 잎씩 아래로 침수되는 모습이 마치 물속에서 움직이는 수초를 보는 듯하여 차를 마시는 사람들은 그 아름다움에 매료되어 감탄을 금할 길이 없다.

천하의 으뜸이란 뜻의 수갑천하(秀甲天下) 암각자

중국의 기산(奇山)
무이산(武夷山)과 무이암차(武夷岩茶)

(1) 오룡차(烏龍茶)의 원조 무이암차(武夷岩茶)

차(茶)는 신(神)이 인간에게 내린 가장 신비의 음료로 커피, 코코아와 더불어 세계 3대 음료로 꼽힌다. 그 중에서도 차가 사람에게 가장 유익하다는 사실은 이미 널리 보편화된 일반적 상식이다. 차는 대저 중국에 기원을 두고 있으며 그 종류만 해도 엄청나게 많을 뿐더러 그 종류만큼이나 품질의 우열과 제다법(製茶法)에 따라 10대 명차 혹은 6대 명차로 구분되어지기도 하

비행기에서 내려다 본 무이산 전경

고 또는 분류하는 사람에 따라 그 종류의 대상이 바뀌기도 하고 그 종류가 더욱 복잡해지기도 한다. 그러나 동서양을 막론하고 세계적으로 차를 기호하는 이들에게 가장 널리 알려져 있고, 또 비교적 광범위하고 간단하게 구분 지을 수 있는 세계적인 3대 명차를 꼽는다면, 단연 홍차(紅茶)와 오룡차(烏龍茶) 그리고 용정차(龍井茶)를 꼽을 수 있다.

일반적으로 차의 분류는 탕색과 그 제다(製茶)법에 의해 녹차, 청차, 황차, 백차, 흑차, 홍차 등 여섯 종류로 분류된다. 홍차는 100% 발효차로써 보이차와 더불어 흑차류(黑茶類)로 분류되기도 하고, 독립하여 홍차류(紅茶類)로 따로 분류하기도 한다. 이에 반해 오룡차는 반(半)발효차로써 청차류(青茶類)로 분류가 된다. 그리고 용정차는 비(非)발효차로써 녹차류로 분류한다. 필자의 개인적인 견해로 볼

무이암차(武夷岩茶) 생엽(生葉)

때 이 중에서 가장 제다가 까다로운 것이 오룡차가 아닐까 생각된다. 조금만 더 발효하거나 혹은 조금만 덜 발효해도 제대로 된 오룡차 특유의 향이 나지 않기 때문이다. 즉, 오룡차는 '엽홍양변(葉紅鑲邊)'이 고르게 진행되어야 하

▶ 6대 차의 분류와 종류

	종 류	발효도	제법(製法)	차의 종류
불(不)발효	녹차(綠茶)	0%	부초차(釜炒茶)	용정차(龍井茶), 벽라춘(碧螺春), 백용차(白龍茶), 몽정차(蒙頂茶), 모봉차(毛峰茶), 말리화차(茉莉花茶)
			증제차(蒸製茶)	노조청차(老粗青茶)
경(輕)발효	백차(白茶)	1~9%	건조과정에서 미약(微弱)발효	백모단(白牡丹), 백호은침(白毫銀針)
반(半)발효	청차(青茶) 일반적으로 오룡차(烏龍茶)라 통칭함	15%	부분(部分)발효	포종차(包種茶, 혹은 一品淸茶라고도 함)
		30%		동정차(凍頂茶), 옥산차(玉山茶), 아리산차(阿里山茶), 매산차(梅山茶), 금훤차(金萱茶), 석고오룡(石古烏龍)
		40%		무이암차(武夷岩茶), 수선(水仙), 안계철관음(安溪鐵觀音)
		70%		백호오룡(白毫烏龍)
전(前)발효	홍차(紅茶)	100%		기문홍차(祁門紅茶), 영홍(英紅), 정산소종(正山小種)
후(後)발효	흑차(黑茶)	80~90%	퇴적(堆積)발효	보이차(普洱茶), 육보차(六堡茶), 병차(餠茶), 단차(團茶), 긴차(緊茶)
	황차(黃茶)	미약	녹차과정에서 실패로 발효	군산은침(君山銀針), 몽정황아(蒙頂黃芽), 아미산모첨(峨眉山毛尖)

는데, 이는 푸른 찻잎의 가장자리가 마치 붉은 홍선(紅線)의 테두리를 두른 듯이 반발효가 고르게 이루어진 상태를 의미한다. 제다를 하는 차농(茶農) 혹은 차공(茶工)의 고도로 숙련된 기술이 필요한 것도 바로 이 때문이다.(차의 분류와 종류에 대해서는 아래 도표를 참조하기 바람)

무이암차(武夷岩茶) 품평(品評)대회에서 품평하는 모습들

중국뿐만 아니라 세계에서 가장 널리 알려진 중국의 명차 오룡차(烏龍茶)의 원산지는 복건성(福建省)이다. 그러므로 오룡 품종으로 제조된 차는 모두 복건차(福建茶)의 계열이

라 할 수 있다. 문헌에 의하면 모든 차나무(茶樹)는 본래가 전혀 인공재배 과정을 거치지 않은 야생(野生)하는 것이었으며, 이들의 품종 또한 모두가 동일종(同一種)은 아니었던 것으로 알려졌다.

전설에 의하면 어느 한 농부가 차나무 군(茶樹群)을 발견하고, 찻잎을 따려고 다가가 보니, 검은 뱀(黑蛇)이 그 중 한 그루의 차나무를 휘감고 있었다 한다. 농부는 처음에 놀라 뒤로 한 발짝 물러났으나 가만히 살펴보니, 그 검은 뱀이 사람을 공격할 기미는 전혀 보이지 않았을 뿐 아니라, 농부의 눈에 검은 뱀이 아주 온순하게 보였다.

그래서 농부는 그 뱀이 휘감고 있는 차나무에 조심스레 접근하여 가만히 찻잎을 따기 시작했다. 과연 그 검은 뱀은 농부를 물지 않았을 뿐만 아니라 따

무이암차 생엽

온 찻잎으로 차를 만들어 마셔보니 차 맛이 그야말로 일품이었다고 한다. 이 차가 바로 중국차의 대명사 격인 '오룡차(烏龍茶)'이다. 중국인들은 본디 뱀을 싫어하고 용(龍)을 좋아하는 습속이 있기 때문에 뱀(蛇)을 용(龍)으로 승화시키고, 검은 색은 길조인 까마귀의 오(烏)자로 미화하여 이 차(茶)를 가리켜 '오룡차(烏龍茶)'라 이름 짓게 되었다고 전한다. 우리나라에서는 통상 까마귀가 흉조로 잘못 인식되어 널리 민간에 퍼지게 되었는데 실제로는 길조(吉鳥)이다. 고구려의 상징인 삼족오(三足烏)를 생각하면 이해가 쉬울 것이다.

오룡차의 전설도(대만의 <中國茶道>)

복건성(福建省)에서 생산되는 차는 대략 탕색(湯色)으로 구분하면 홍차(紅茶), 녹차(綠茶), 청차(青茶), 백차(白茶) 등의 네 종류로 볼 수가 있다. 그 중에서도 청차와 백차가 가장 특색이 있다. 백차는 송대(宋代)에서 매우 높은 평가를 받았으나, 현재는 청차가 백차보다 한 수 위에서 그 품질을 인정받고 있다. 복건성의 청차류(오룡차류) 중에서도 가장 유명한 것은 역시 「무이암차(武夷岩茶)」이다.

무이산은 기암절경이 뛰어난 중국 동남부의 명산중의 명산이다. 그 산수절경이 기이할 뿐만 아니라 기이한 명차의 명산지로도 유명한 산이다. 무이암차(武夷岩茶)는 무이산(武夷山)의 기암절벽을 뚫고 자라나는데, 무이산은 현재 복건성(福建省) 무이산시(武夷山市) 구역내에 위치하며, 위도 상으로는 북위 27° 15′, 동경 118° 01′이며 평균 해발 650미터이다. 매년 평균 온도가 18.5℃, 연평균 강우량이 2,000mm, 평균상대습도가 80%이고 일조기간이 매우 짧아 차의 성장에 매우 적합한 자연조건을 두

무이산 구곡계(九曲溪)

루 갖추고 있다.

무이산(武夷山)에는 서른여섯 개의 봉우리가 서로 연결되어 있고, 아흔아홉 개의 기암(奇巖)이 장관을 이룬다. 그 중 최고봉은 삼인봉(三仁峰)으로서 높이가 해발 700여 미터에 이른다. 구곡계(九曲溪)가 산골짜기 마다 휘감고 흐르고 있어 기암절벽들이 서로 앞을 다퉈 얼굴을 내밀고 강물에 비추니 그 풍경이 그야말로 장관을 이루고 있다.

차의 생산이 가장 번성하던 시기엔 매 봉우리와 매 기암(奇巖)마다 모두 차창(茶廠: 차를 만드는 공장)이 있었다고 전한다. 무이산에서 생산되는 차는 그 종류가 다양한 만큼 그 맛의 고저(高低)가 현저하게 차이를 보이고 있다.

무이산 대홍포 표석

무이차는 그 생장환경에 따라 차의 품종이 현격히 달라진다. 차나무 생장지에 따라 분류해 보면 대체로 다음의 세 종류로 나눌 수가 있다. 첫째, 산봉우리의 암벽에서 채취하여 만든 차를 '암차(岩茶)'라고 하는데, 이 품종은 맛과 향이 가장 뛰어나기 때문에 '기종(奇種)'이라고 한다. 둘째, 계곡 주변에서 채취한 차를 '주차(洲茶)'라고 하는데, 그 맛과 향이 우수하나 암차(岩茶)보다 약간 뒤떨어진다하여 '명종(名種)'이라고 한다. 셋째, 산과 계곡주변 사이에서 채취한 것을 '반암차(半岩茶)'라고 한다.

무이암차(武夷岩茶)의 상품에 속하는 기종(奇種) 중에서도 특히, 높은 기암절벽에 매달려 생장하거나 높은 바위틈에서 자라나는 차나무에서 채취한 차는 다른 찻잎과 절대 혼합하지 않고, 별도로 그 우수한 특징을 유지하여 차를 제조하는데, 이를 가

대만의 오룡차(건엽)

리켜 '단총기종(單叢奇種)'이라고 칭한다. 그 품질은 매우 우수하여 일반 '기종(奇種)'보다는 맛과 향이 월등하다. 뿐만 아니라, 무이암차는 대만(臺灣)에도 크게 영향을 미치게 된다.

오룡차가 복건성에서 대만으로 전래된 시기는 청나라 가경(嘉慶) 연간(年間: 1976~1820년)이며, 도광(道光) 연간(年間: 1820~1850년)에 대만에서는 이미 대충 거칠게나마 오룡차를 제작 생산하게 되었다. 이것이 바로 대만에서 최초로 생산된 오룡차이다. 그 후, 대만에서 거칠게 제작(粗製)된 오룡차는 다시 복건성 복주(福州)로 운반되어져 재차 정제(精製)과정을 거친 후 시판되었다.

동치(同治) 4년(1865년)에 이르자 담수(淡水: 타이뻬이시의 남단을 돌아 대만 북서쪽 바다로 흐르는 강)에서는 이미 외국 서방세계와의 무역왕래가 시작되었는데, 오룡차 8만 2천 2십 2근(斤)이 수출되었다. 이어 동치 8년(1869)에는 영국 상인이 대만에서 직접 정제한 오룡차 12만 7천 8백근을 미국으로 직접 수출하였는데 미국 시장에서 크게 환영을 받았다. 청나라 광서(光緖) 7년(1880)에는 무려 542만 8천 5백 5십 3근이나 수출하였다. 이는 당시 최고의 수출량을 기록하였는데, 당시의 오룡차 생산이 얼마나 흥성했는지를 잘 엿볼 수 있는 한 단면이라 하겠다. 이렇게 대만에서 만들어진 오룡차가 서방세계로 대량 수출됨에 따라 원래 철관음과 함께 '청차류(青茶類)'의 한 품종에 불과했던 '오룡차'의 품종명칭은 어느새 '차의 분류' 과정에서 '청차류'라는 분류명을 대신해서 반발효차의 '분류명'으로 그 위치를 대신하게 되었다. 그래서 '오룡차'의 의미는 두 가지로 나누어 해석해야 한다는 점을 잊지 말아야 한다. "첫째, 광의적인 의미로 청차류(青茶類) 즉, '반발효차'를 통칭하는 것이고, 두 번째, 협의적인 의미로는 철관음 등과 함께 청차류의 한 품종인 '오룡차'를 의미한다."는 것을 알고 있어야 차의 종류를 구분할 때, 혼돈을 피할 수 있을 것이다.

무이산 풍경구 입구

(2) 무이암차(武夷岩茶)의 종류-사대명총(四大名欉)

무이암차의 차의 명칭은 각 시대에 따라 약간씩 그 명칭을 달리 표현하기도 했지만, 그러나 상품화된 차에 대한 명칭에 대해서는 여전히 차의 생산지와 품종 그리고 품질을 바탕으로 일정한 규칙에 의해 분류되고 있다.

대부분은 오랜 습관에 의해 대략 '기종(奇種)'과 '명종(名種)'으로 구분되어지며 '기종'은 다시 '일반 기종'과 '단총기종(單欉奇種)', '명총기종(名欉奇種)'으로 구분되어진다. 단총기종을 약칭 '단총(單欉)'이라하고, 명총기종은 약칭 '명총(名欉)'이라고 한다. 여기서 주의할 점은 '최상품의 명총(名欉)'과 '최하품의 명종(名種)'을 혼동해서는 안 된다는 것이다. 간혹 중국의 다인들 사이에서도 '명총(名欉, =명총기종)'과 '명종(名種)'을 혼동하여 기술하는 경우가 있어 많은 초심자들의 혼동을 초래하기도 한다.(무이차의 분류는 아래 도표를 참조 바람)

무이차 분류	기종의 종류	차명 및 생장
암차(岩茶) =기종(奇種))	단총기종 =단총(單欉)	각각의 자연 생장 환경에 따라 화명(花名)으로 명명함
	명총기종 =명총(名欉)	대홍포, 철나한, 벽계관, 수금귀
	일반기종(奇種)	
주차(洲茶) =명종(名種)		계곡 주변에서 생장
반암차(半岩茶)		산과 계곡 주변 에서 생장

단총은 절벽 바위틈에서 자생하는 약간의 우량 품질의 찻잎을 채취하여 만드는데 서로 다른 각각의 생장환경과 차나무의 형태 및 빛깔 등에 따라 주로 꽃 이름(花名)을 가지고 차명을 명명한다.

어쨌거나 명총은 무이암차 중에서도 '암차(岩茶)의 왕'이란 별칭을 갖고 있다. 이러한 명총차들은 품질이 아주 우수하거나 혹은 차나무의 형상이 기이하거나 또는 차가 재배되는 지역의 기이한 특성들로 인해 제각기 특이한 명칭들을 가지고 있다. 명총은 다시 대홍포(大紅袍), 철나한(鐵羅漢), 백계관(白鷄冠), 수금귀(手金龜) 등의 4가지로 분류된다.

(一) 대홍포(大紅袍)

무이명총 중에서도 대홍포의 명성이 단연 으뜸이다. 그중 몇몇 대홍포는 오룡차 중에서도 '차중지성(茶中之聖)'이란 최고의 명예를 갖고 있을 정도이다. 그 명성에 걸맞게 전해지는 전설 또한 많다. 어떤 전설에는 "차가 깎아지른 험준한

무이암차 대홍포 엽저

절벽에서 자생하므로 도저히 사람이 올라가 채취할 수 없게 되자 어느 절의 스님이 매년 차를 따는 계절에 산에 있는 원숭이들에게 간식거리를 주고 유혹하여 절벽에 야생하는 찻잎을 따오게 했다."고 한다.

또 다른 전설에는 "차나무의 높이가 무려 33m나 되고, 찻잎의 크기가 사람의 손바닥 만하다. 이 차는 좁은 절벽 벼랑 사이에서만 야생하는데, 도저히 사람이 들어갈 수 없을 정도로 좁고 험해 인근 절의 스님이 겨우 바람에 떨어지는 찻잎만을 주워서 차를 만들었는데 만병을 치료할 수 있었다"고 전한다.

최초의 대홍포 차나무

현지에서 전해져 내려오는 전설에는 "대홍포는 '바위의 신(岩神)'이 소유하는 것이라 아무나 차를 딸 수가 없다. 단지 사원의 스님들이 매년 정월초하루에 분향예배한 뒤, 약간의 차를 부처님께 공양하는 것만 허락된다. 이 차는 스스로 지킬 줄 알기 때문에 사람의 관리가 필요 없다. 만약에 누가 몰래 바위 신의 허락도 없이 차를 딸 경우에는 복통이 생기며, 몰래 딴 찻잎을 버리지 않으면 그 병이 낫지 않는다. 이 차는 신이 재배한 것이기 때문에 절대 사람이 먼저 맛 볼 수가 없다"고 전해진다. 이는 아마도 무이암차의 명성이 사방에 널리 전해지자 암차(岩茶)를 도둑질하려는 무리가 많이 생겨났던 것 같다. 차의 절도를 방지하기 위해 귀신을 가장 두려워하는 중국인들의 민속성에 착안하여 현지 차농(茶農)들이 지혜를 모아 짜낸 전설이 아닌가 싶다.

대홍포는 천심암(天心岩) 구룡과(九龍窠)의 고암(高岩) 절벽 위에서 자란다. 양쪽의 절벽은 하늘 높이 치솟아 마주하고 있어 일조시간이

대홍포 건엽

길지가 않고, 기온의 변동이 그리 크지 않다. 게다가 공교롭게도 바위 위에서는 일 년 내내 아주 가늘고 작은 샘물이 바위 틈 사이로 졸졸 흘러내려 차의 야생지를 촉촉이 적셔주고 있다는 것이다. 더군다나 이 졸졸 흐르는 샘물과 바위틈에 낀 이끼류 등의 풍부한 유기물이 땅을 더욱 비옥하게 해 주고 있다는 것이다. 어디에도 찾아 볼 수 없는 아주 특이한 이곳의 차나무 생장(生長) 조건이 대홍포를 더욱 더 독특하고 세상에서 유일무이한 기이한 차로 그 명성을 드날리게 하는 것은 아닐까!

옛날에는 대홍포를 채적할 때 스님들이 반드시 단(壇)을 세우고 분향예배를 하고 독경(讀經)한 뒤 특수한 제다기를 사용하여 고도로 훈련된 차사부가 제다를 맡아서 진행했다. 채다와 제다에 관한 문헌기록을 보면, 오전 8시 반에 채다하

우려낸 대홍포의 잎과 찻물

여 9시 반에 햇볕에 쬐어 찻잎을 시들게 하는 과정인 '쇄청(曬靑)'을 하고, 1시간이 지난 뒤 한차례 비벼 뒤집고 10시 반에 시작하여 15분간을 식힌다. 10시 45분에 찻잎을 비비는 위조(萎凋)실로 옮겨 하루를 재운 뒤, 익일 1시 45분에 덖는다. 찻잎 흔들어 떨어내기인 '요청(搖靑)'은 14시간 40분 간에 걸쳐 7차례나 진행된다. 요청(搖靑)이 끝나면 다시 초초(初炒), 복초(復炒), 초홍(初烘), 복홍(復烘)의 순서로 마무리 짓는다. 여기서 말한 '초초'는 첫 번째 덖음(차 볶기)이고, '복초(復炒)'는 다시 덖음(두 번째 볶기)이며, '초홍(初烘)'은 첫 번째 불 쬐어 건조시키기, '복홍(復烘)'은 다시 불 쬐어 건조시키기이다. 덖는(볶는) 것을 '초청(炒靑)'이라하고, 불에 쬐어 건조하는 것을 '홍배(烘焙)'라고 한다.

이렇게 만들어진 대홍포는 다른 명총과 확연하게 대조를 이루는데, 다른 명총이 7번까지 우리면 그 맛이 담담해지는데 비해 대홍포는 9번을 우려도 여전히 그 원래의 맛이 그대로 유지됨은 물론 계화향(桂花香)을 동반한다는 게 그 특징이다.

(二) 철나한(鐵羅漢)

청대 곽백창(郭柏蒼)의 『민산록이(閩産錄異)』에 의하면 '철나한'은 무이암차 중에서도 '최초의 명총(名欉)'이다. 이에 대한 전설도 꽤 여러 가지가 전해지기도 한다. 차나무의 생장과 제다법에 대해서는 위에서 언급한 대홍포와 거의 유사하다. 이 차가 명총 중에서 가장 먼저 생겨난 차인 만큼 필자의 판단으로는 이것이 아마도 대홍포의 전신이거나 혹은 철나한을 바탕으로 대홍포가 발전되지 않았을까 추정해 본다.

여러 기록에 의하면, 19세기 중엽 혜안현(惠安縣) '시집천(施集泉)'이란 다점(茶店)에서 무이암차를 경영하였는데, 그 중에서 철나한이 가장 귀하게 대접받았다. 왜냐하면, 철나한은 당시 유행했던 열병(熱病)의 치료에 뛰어난 효능을 보여주었기 때문이다. 1890년에서 1931년 사이에 혜안현에서 큰 질병이 두 차례 발생한 적이 있는데, 시집

철나한의 차탕과 건엽

천에서 경영하던 '철나한'을 사서 우려 마신 대부분의 환자들은 병이 말끔히 나았다. 그래서 사람들은 집집마다 시집천의 철나한을 상비약으로 구비하게 되었을 뿐만 아니라, 먼 길을 가거나 바다로 출항을 할 경우엔 반드시 지니고 나갔다는 기록이 전해지고 있다.

(三) 백계관(白鷄冠)

'백계관'의 원산지는 혜원암(慧苑岩) 화염봉(火焰峯) 아래에 있는 외귀동(外鬼洞)이란 곳이다. 그러나 근래에 와서 무이궁(武夷宮) 뒷산에서 발견됨에 따라 백계관의 원산지가 이곳이라는 전설도 있다.

백계관은 대홍포 보다도 훨씬 일찍이 명대(明代) 때부터 그 명성이 사방에 널리 알려졌다. 전하는 말에 의하면, 당시 어느 한 지방관리가 가족들을 데리고 무이산을 지나가다가 무이궁에서 묵게

백계관의 차탕과 건엽

되었다. 그때 그의 아들이 갑자기 몹쓸 병에 전염되었는데, 배가 마치 소처럼 부풀었다. 약을 써서 치료해 보았으나 백가지 양약이 모두 소용이 없었다. 그 때 절의 한 스님이 조그마한 찻잔에 차를 한 잔 가지고 와서 바쳤는데, 그 관리가 마셔보니 그 맛이 아주 특이하게 좋았다. 마시다 남은 차를 병든 아들에게 먹였더니 병이 씻은 듯이 나았다고 한다. 그래서 스님에게 무슨 차냐고 물었더니, 스님이 "백계관(白鷄冠)입니다."라고 하였다. 지부가 '백계관'을 곧장 황제에게 진상하였더니, 황제가 이를 맛보고는 크게 기뻐하며 곧 칙령을 내리어 그 절의 스님으로 하여금 그 차나무를 잘 지키게 하였다. 그리고 매년 은(銀) 100냥과 곡식 40석을 하사하였다. 아울러 매년 이 차를 만들어 조정에 진공(進貢)하여 황제가 전용으로 마시는 '어차(御茶)'에 충당하도록 하라고 명하였다.

앞에서 언급한 바와 같이 '백계관(白鷄冠)'은 외귀동(外鬼洞)과 무이궁(武夷宮) 뒷산의 2가지 원산지설을 가지고 있으나 두 곳에서 생장하는 차나무의 형태가 거의 흡사하다. 높이가 1.75미터이고 한 나무에서 갈라지는 가지가 꽤 많다. 찻잎이 길쭉하고 원형이며 그 잎의 색은 짙은 녹색과 광택을 띠며 잎이 여리고 얇고 부드러운 것이 특징이다. 백계관의 찻잎 색은 연두색에 약간의 황색을 띤 것과 짙은 녹색의 늙은 잎이 선명하게 양색의 층으로 대조를 이루고 있어 이에 '백계관'이란 명칭이 유래되었다.

앞에서 언급한 '무이궁(武夷宮)'은 황제나 왕이 사는 궁전이 아니라 사원(寺院)을 뜻한다. 중국과 대만에서는 도교의 사원을 가리켜 궁(宮)이라고 한다. 간혹 불교사원에서도 '사(寺)' 대신에 '궁(宮)'이란 글자를 사용하기도 한다.

(四) 수금귀(手金龜)

'수금귀'의 원산지는 무이산의 우난갱(牛欄坑), 두갈봉(杜葛峰) 아래의 절벽에 반쯤의 절벽 위에 있는 난곡암(蘭谷岩)이다. 또 다른 전설에 의하면 "수

수금귀의 차탕과 건엽

금귀는 무이산의 천심사(天心寺)에 속하는 차로 '두갈봉'이 아니라 '두갈채(杜葛寨)' 아래에 심었다"고 전한다. 두갈채(杜葛寨)는 두갈봉 아래의 마을이름이다. 즉, '두갈(杜葛) 산채(山寨)' 또는 '두갈 마을' 정도로 이해하면 될 것이다. '채(寨)'는 울타리로 둘러쳐진 마을이란 뜻으로 중국에서는 주로 산골 지명(地名)에 많이 쓰이고 있다.

문헌에 의하면 "하루는 큰비가 억수같이 내려 봉우리 정상의 차밭 양쪽 언덕이 무너져 내리는 바람에 차나무가 빗물에 씻기어져 떠내려가다가 '우난갱'의 반암(半岩) 움푹 파인 곳에 이르러 멈추었고, 후에 물이 흘러 내려 차나무 곁으로 고랑을 이루고 흘러내리게 되자 난곡산(蘭谷山)의 산주인은 곧 이곳에 돌을 뚫고 다듬어 계단을 만들고, 그 주위를 돌로 쌓아 올린 뒤, 그 곳에다 흙을 실어다 붓고 배토(培土)하여 차나무를 잘 살 수 있도록 하였다."고 전하고 있다.

수금귀는 다른 차와는 좀 특이하게 원산지 소유권 문제가 주로 많이 논쟁거리로 대두되는 차이다. 실지로 1919년에서 1920년 사이엔 '수금귀'의 원산지의 소유권 분쟁문제로 인해 뇌석사(磊石寺)와 천심사(天心寺)의 업주끼리 소송이 제기되기도 하였다고 한다. 법원에서 판결하기를 "수금귀의 원산지는 천연적으로 조성된 것이므로 '난곡(蘭谷)의 소유'로 해야 마땅하다."라고 판결이 났다. 그 원산지의 소유권이야 어쨌든 간에 명총(名欉)은 실로 명차 중의 명차인 것만은 사실이다.

위에서 서술한 네 가지 명총 중에서 필자가 실제로 마셔 본 종류는 전자 두 종류이며 후자 두 종류는 아직 마셔 볼 기회를 갖지 못했다. 중국의 명차들은 그 명성만큼이나 맛과 향기가 좋을 뿐 아니라 거기에 얽힌 재미난 전설도 무척이나 많이 전해져 내려오고 있다. 그것이 사실이든 과장이든 또 거짓이든 간에 모두 차의 역사적 배경과 그 문화를 반영하고 있음에는

다동 표석

틀림없으며 더 나아가 앞으로 새롭게 개발될 무수히 많은 차들의 맛과 향을 좌우할 뿐만 아니라 차에 담긴 그들의 정신문화를 창신(創新)해 나가는 디딤돌이 될 것이다.

최무이산 천유봉에서 내려다 본 다동(茶洞) 차밭

중국의 차도(茶都)

항주의 용정차(龍井茶)

(1) 용정차(龍井茶)의 역사에 대하여

이미 잘 알려진 바와 같이 중국에는 세계적인 명차(名茶)가 많기로 유명하다. 그 종류는 적게는 십여 종에서부터 많게는 수십 종류에 달하여 일시에 손으로 꼽기도 어려울 정도이다. 그래서 많은 전문가들 사이에는 어느새 명차의 종류를 간략하여 '중국의 팔대명차(八代名茶)'니 혹은 '중국의 십대명차(十代名茶)'니 하는 말

18그루 어차수(御茶樹)-항주 용정촌 내

들이 교과서적인 전문용어처럼 유행하여 상용되고 있다.

그 외에도 각 시대별로 분류하고 정리하여 '무슨 대의 십대 명차(名茶)'니 '어느 대의 십대 공차(貢茶)'니 하는 등의 수식어로 표현되기도 한다. 이는 모두가 지정된 특정한 차의 우수성을 표현하고 강조하기 위하여 그 서열을 정하거나 혹은 그 범위 안에 포함시킴으로써 그 차의 품질과 명성을 돋보이기 위함일 것이다. 실지로도 이렇게 명차반열에 포함된 차들은 명차로서의 손색이 전혀 없거니와 또한 여기에 포함되지 않은 차일지라도 명차의 반열에 들어도 전혀 손색이 없는 차들이 무수히 많다.

신라 왕자 김교각 스님에게 차나무를 소개하는 당나라 관리(항주 용정다실 내)

그 분류법이 어떠하든

간에 빠짐없이 상위권에서 자리 매김하는 차가 있으니 그것이 바로 '용정차(龍井茶)'이다. 중국을 다녀왔거나 중국차를 즐겨 마시는 우리나라 사람들에게 들어보거나 마셔본 중국차에는 무엇이 있냐고 물으면 백이면 백 모두가 서슴없이 '오룡차'와 '용정차'를 이야기한다. 그러다가 1990년대 들어서면서 여기에 하나 더 추가하여 '보이차'도 함께 이야기하고 있다. 그야말로 기가 막힌 분류법이다. 최고로 간단하면서도 가장 광범위하고 포괄적인 분류법이다. 녹차의 대표가 '용정차'이고 반발효의 대표가 '오룡차'이며 완전발효의 대표가 '보이차'이고 보면 그 방대한 종류를 가진 중국차의 핵심을 중국인들보다 더 간단명료하게 요약하고 표

소동파(석상)-항주 서호(西湖)

현할 줄 아는 한국인들의 지혜가 돋보인다.

용정차는 생각보다 긴 역사를 가지고 있다. 중국 북송 때의 유명한 시인 '소식(蘇軾)'은 우리에겐 '소동파(蘇東坡)'로 더 많이 알려져 있다. 중국 역대 시인들 중에서도 '차에 관한 시'를 가장 많이 쓴 시인으로 그의 다시(茶詩)들은 다도를 연구하는 학자들 간에 가장 많이 인용되는 등 자료로 활용되고 있다. 소동파가 항주의 관리로 가 있을 때, 본인 스스로가 워낙에 차에 관심이 많아 항주의 차의 종식(種植)과 재배에 대한 역사를 고증하고 연구하였다. 소동파의 고증에 의하면, "남조(南朝)의 시인 사령운(謝靈運)이 서호(西湖) 아래 있는 천축(天竺) 일대에서 불경을 번역할 때, 천태산(天台山)에서 가져온 차나무 씨를 서호(西湖)에 심고 재배하기 시작했다."고 한다. 이것이 사실이라면 용정차의 기원은 남조시대에서 시작되었다고 볼 수 있으며, 역사적으로는 대략 1,500년이란 긴 역사를 가지게 된다. 소식(蘇軾)은 북송을 대표하는 시인이자 사인(詞人)이면서 또한 가장 많은 다시(茶詩)를 남긴 인물로도 유명하기 때문에 그 근거가 충분히 믿을만한 것으로 보인다.

항주에서 차가 생산된다는 최초의 기록은 당대(唐代) 육우의 『다경(茶經)』의 「차의 산지(茶之出)」에 보인다. 그 기록에는 "항주의 임안현(臨安縣)과 어잠현(於潛縣) 구역의 천목산과 서호(西湖) 안의 '천축(天竺)'과 '영은(靈隱)' 두 절에서 차가 생산된다."고 하였다. 그러나 이 시기에는 차의 생산에 있어 그다지 제대로 된 생산규모를 갖추고 있지는 못하였다.

항주의 용정차구가 대략적이나마 차의 생산적 체계와 규모를 갖추게 된 것은 북송 시기에 이르러서이다. 당시 영은사와 하천축(下天竺)의 향림동(香林洞)에서 생산되는 '향림차'와 상천축(上天竺)의 백운봉에서 생산되는 '백운차(白雲茶)' 그리고 보운산에서 생산되는 보운차(寶雲茶) 등은 이미 공차(貢茶)의 반열에 올랐다. 천축은 원래 고대 인도를 가리키는 말이지만, 여기

진대(晋代)의 고찰 상천축사(항주)

서는 절강성 항주 서호의 서안(西岸)에 있는 절 이름이다. 천축사는 비로봉 남쪽의 하천축사와 계류봉 북쪽의 중천축사, 그리고 북고봉 기슭의 상천축사로 나뉜다. 2007년 여름 필자가 3번째로 항주를 답사했을 때엔 이 세 곳의 천축사가 모두 증축공사가 한창 진행 중이었다.

전하는 말에 의하면 북송의 고승 변재(辯才) 법사는 이곳으로 돌아와 은거하였고, 소동파(蘇軾) 등의 당대(當代)의 문호들은 사자봉(獅子峰) 자락의 수성사(壽聖寺)를 즐겨 찾아와 차를 마시고 용정차를 찬미하는 시를 읊조리곤 하였다고 전한다. 황제에게만 바치기 위해 재배되는 18그루의 용정차나무 밭인 '십팔과어다원(十八棵御茶園)'이 자리잡고 있는 사자봉의 산자락 절벽 바위에는 당시 소동파가 직접 친필로 썼다는 '노용정(老龍井)'이란 글씨가 새겨져 있다.

용정차는 원대(元代)에 이르러 그 질량과 품질이 진일보 발전하게 되었고, 이때부터 '명전(明前)용정'이니 '우전(雨前)용정'이니 하는 등의 품질의 등급이 점점 분류 형성되기 시작하였다. 명전은 청명(淸明) 전에 따서 만든 차이고, 우전은 곡우(穀雨) 전에 따서 만든 찻잎을 가리키는데, 중국 최고의 녹차들은 주로 명전을 으뜸으로 치고 있다.

명대(明代)에 이르자 용정차의 명성은 중국 각지로 점점 더 널리 퍼지게 되었다. 명나라 가정(嘉靖) 연간(1522-1566년)의 『절강변지(浙江匾志)』에 의하면 "항주 여러 곳에서 생산되는 모든 차는 그 품질이 용정(龍井)에서 생산되는 것에 미치지 못하며, 용정차는 곡우(穀雨) 전의 여린 싹(細芽) 중에서도 '일창일기(一槍一旗)'를 취해 만들어야만 제대로 된 '진품(眞品)' 용정차이다. 따라서 그 생산이 적어서 차가 귀할 뿐 아니라 값도 비싸다"고 전한다. 실제로 그 곳을 답사하다가 차농들이 직접 경영하는 차장(茶莊)에 들어가 제대로 된 용정차를 구입할 양이면 실로

용정차밭(서호용정차기지-매가오 지구)

엄청난 가격을 치러야했던 기억이 난다. 여기서 '차장(茶莊)'이란 각종의 찻잎을 진열해 두고 순수하게 찻잎만을 판매하는 상점을 말한다. 주로 주인이 직접 차를 우려내어 상점을 찾은 손님들에게 시음(試飮)하게 한 뒤 손님 스스로가 직접 원하는 차를 선택하게 하고 판매하는 상점이다.

명대의 유명한 품다가(品茶家)이자 샘물 감별가인 전예형(田藝蘅)은 자신의 저술인 『자천소품(煮泉小品)』에서 육우가 『다경(茶經)』 〈차지출(茶之出)〉편에서 항주의 차를 하등품으로 폄하하여 등급을 매긴 대목을 지적하고 말하기를 "홍점(鴻漸: 육우)은 항주의 천축(天竺)과 영은사(靈隱寺)의 차를 하등품으로 차례를 매겼으나, 이는 미처 용홍차(龍泓茶)를 몰랐기 때문이다."라

용정(龍井)-옹가산 중턱의 용정다실 내

고 말하였다. 위에서 말한 '천축(天竺)'은 항주의 유명한 불교 사찰을 이르는 말로써 상천축사·중천축사·하천축사 등 3곳의 사찰을 통칭하는 말이다. '용홍(龍泓)'은 항주의 유명한 샘물인 '용정(龍井)'을 가리키는 말로, 용정차의 이름도 이 우물에서 비롯됐다. 전예형은 이어서 용정차를 찬미하기를 "『군지(郡志)』에서는 보운, 향림, 백운 등의 차만을 칭찬하여놓았으나, 사실 이 차들은 모두 용홍차(龍泓茶: 즉, 용정차)의 맑은 향기와 뛰어난 맛에는 이르지 못한다."라고 하였다. 여기서 말한 군지(郡志)는 군(郡)의 역사를 기록한 역사책을 가리키는 말로, 현(縣)의 역사를 기록한 현지(縣志) 등과 함께 지방의 역사를 기록한 역사책을 가리켜 통칭 '지방지(地方志)' 혹은 '방지(方志)'라고 한다.

『전당현지(錢塘縣志)』와 『절강통지(浙江通志)』의 〈물산(物产)〉편에는 모두 "용정에서 나는 차는 순두부 향이 나며, 색이 맑고 맛이 달아 다른 산(山)에서 생산된 것과는 사뭇 다르다."라고 기록하고 있다. 전당은 지금의 항주시 구역 안에 포함된다. 과거의 전당현은 지금의 항주시와 같다.

명나라 만력19년(1591) 황일정(黃一正)이 편찬한 『사물감주(事物紺珠)』의 〈차류(茶流)〉편에는 중국 각지의 명차 97종을 열거해 놓았는데, 그 중에서 용정차가 21위를 차지하고 있다. 이때부터 용정차는 중국명차로서의 위상을 나날이 더해가며 널리 알려지게 된다.

청대(淸代)에 이르자 용정차는 마침내 여러 명차들 중에서도 첫손가락에 꼽히는 최고의 명차로 거듭나기 시작한다. 건륭(乾隆) 연간(1736~1795)에 건륭황제는 강남을 여섯 차례나 순행을 하였는데, 강남을 순행 중에 네 차례나 용정차의 생산지역을 직접 찾아가 찻잎을 감상하기도 하고 찻잎을 직접 따기도 하였다. 뿐만 아니라, 품다(品茶)와 용정차에 관한 부(賦)와 시(詩)를 여러 수 지은 것으로도 유명하다. 『우중재유용정(雨中再遊龍井)』 (빗속에서 다시 용정을 유람하

항주(杭州) 용청촌의 18과 어차수(御茶樹)

며)라는 시 중에서 "서호풍경미(西湖風景美), 용정명차가(龍井名茶佳)"(서호는 풍경이 아름답고, 용정에는 명차가 좋구나)라는 구절은 차 애호가들이 즐겨 써서 걸어 놓은 차련(茶聯)으로도 유명하다. 아울러, 건륭은 호공묘(胡公廟) 앞의 18그루의 차나무를 '어차(御茶)'로 봉하여 황제에게 헌상토록 하였다. 이것이 앞에서 언급한 사자봉 산자락에 위치한 '십팔과어다원(十八棵御茶園)'이다.

청나라 말기와 장개석의 국민당 정부가 대륙을 통치하던 민국(民國) 시기로 내려오면서 '용정 차나무'는 사자봉, 용정, 영은, 오운산, 호포, 매가두 등지로 널리 분포되었고, 이에 용정차는 사(獅), 용(龍), 운(雲), 호(虎) 등의 여러 종류로 나누어지게 되었고, 모택동이 대륙을 공산화한 중화인민공화국 이래로는 모두 서호용정으로 통칭하게 되고, '서호용정(西湖龍井)'은 '사봉용정(獅峰龙井)'·'매가오용정(梅家塢龍井)'·'서호용정(西湖龍井)' 등 크게 세 품종으로 분류, 등급이 정해지게 된다.

(2) 차재배의 생태적 환경조건과 채다(採茶)의 3대 특징

'중국의 다도(茶都)'라고 일컫는 항주에서 생산되는 용정차는 일반적으로 '서호용정(西湖龍井)' 또는 '서호용정차(西湖龍井茶)'로 불리어진다. 이는 그 생산지가 대부분 서호(西湖) 주변을 따라 분포되어 있기 때문이다.

'서호용정차'의 생산지가 대부분 집중되어 있는 사봉산(獅峰山), 매가오(梅家塢), 옹가산(翁家山), 운서(雲棲), 호포(虎跑), 영은(靈隱) 등지는 가는 곳마다 숲이 깊고 울창할 뿐더러 그 속으로 푸른 빛 대나무(靑竹)들이 여기저기서 얼굴을 내밀고 한껏 푸름과 싱그러움을 뽐내고 있다. 그래서 대부분의 모든 차밭들은 늘 운무가 감싸고 있으며 녹음이

용정차 기지(基地) 보호구역 내의 용정차 선엽

짙게 덮여있다.

이곳은 자연적, 지리적, 환경적 어느 측면으로 보나 차 재배에 아주 적합한 생태적 환경조건을 두루 갖추고 있는, 그야말로 천의 조건을 갖춘 이상적인 차재배지이다. 뿐만 아니라 멀게는 도시를 감싸고 흐르는 절강(浙江)과 가까이는 도시 안을 출렁이는 서호(西湖)가 미치는 자연적인 영향도 빼놓을 수 없는 타고난 자연조건 중의 하나일 것이다. 이곳의 연평균 온도는 16℃정도이고 연평균 강우량은 1,500mm 정도로 기후와 강우량이 모두 차 재배에 아주 적합하다. 게다가 최상으로 치는 춘차(春茶)의 계절인 봄에는 늘 안개비로 덮여있고, 산골짜기에는 계곡물이 마르지 않고 흘러내린다. 토양은 대부분 모래와 진흙의 비율이 적절하게 혼합된 사양토(砂壤土)로서

옹가산(翁家山) 자락의 용정 다실 입구

우량품질의 용정차를 생산하기에는 그야말로 안성맞춤이다. 이곳 차나무의 품종은 싹 잎이 부드럽고 연하며, 작고 세밀할 뿐만 아니라 아미노산(amino acid)과 비타민 등 각종의 영양소를 풍부하게 함유하고 있다.

용정차는 그 명성만큼이나 차를 만드는 제다방법에 있어서 다른 차에 비해 그 특징이 두드러질 뿐만이 아니라, 찻잎을 따는 채다(采茶 또는 採茶)는 과정에서부터 매우 까다로운 3가지 특징을 가지고 있다. 첫째는 찻잎을 따는 시기가 일러야 하고(早), 둘째는 찻잎이 여리고 부드러워야 하며(嫩), 셋째는 사람이 부지런해야 한다(勤). 이상의 3가지 채다의 특징을 좀 더 자세히 살펴보기로 하겠다.

공차(貢茶)용 특급 용정차(건엽)

첫째는 찻잎을 따는 시기의 중요성을 말한다. 필자는 이를 '천시(天時)의 중요성'으로 재해석하고 싶다. 어느 나라를 막론하고 대저 찻잎을 따는 시기는 각 지역의 기후에 따라 약간씩 달리하지만 거의 비슷하다. 용정차는 예로부터 일찍 따는 것을 최고로 친다. 항주 용정차구(龍井茶區)에서의 찻잎을 따는 가장 이상적인 시기는 24절기 중의 청명(淸明)을 기점으로 하기 때문에 청명 전(前) 삼일 동안 따는 것을 최고의 상품으로 친다. 그래서 이곳 차농(茶農)들은 "청명 전 삼일 일찍 따는 것은 보배요, 청명 후 삼일 늦게 따면 풀이 된다"고 말한다. 명대 전예형(田藝蘅)의 『자천소품(煮泉小品)』〈의차(宜茶)〉편에도 "삶아서 다리는 황금빛 찻싹은 곡우(穀雨) 후의 것은 취하지 않는다.(烹煎黃金芽, 不取穀雨後)"고 하였다. 그래서 용정차는 청명 전에 따서 만든 차를

항주 용정촌 입구

최고로 치며, 이 시기에 만든 차를 통상 '명전(明前)'이라 한다. 이는 채다 시기에 의해 부르는 명칭으로 용정차 뿐만 아니라 청명 전에 따서 만든 차를 광범위하게 통칭하여 이르는 말이다. 곡우(穀雨) 전에 따서 만든 차도 품질이 그런대로 좋은 편이며 통칭 '우전(雨前)'이라 한다. 여기서 한 가지 주의할 점은 우리나라에서는 '우전'을 최고로 치는데, 이것은 중국과 한국의 차 재배환경에 있어 기후적, 지형적인 차이로 인해 채적시기의 시기를 약간 달리 할 뿐이지 별 다른 의미가 없다.

용정차 선엽(鮮葉)

둘째는 찻잎을 채적 할 때 따야 할 찻잎의 선별기준을 의미한다. 즉, 여리고 부드러운 찻싹을 잘 선별하여 온전하게 따서 만든 용정차는 그 상품적 가치를 높게 유지할 수 있기 때문이다. 대저 용정차는 채적하는 찻잎의 형태에 따라 다시 연심(蓮心), 기창(旗槍), 작설(雀舌) 등의 3가지로 분류하여 상품적 가치를 판단할 수 있는데, 이 방법은 모든 차에 공식처럼 적용되는 방법이기도 하다.

㉠ '연심(蓮心)'은 봄에 차나무 맨 윗부분 끝에 뾰족하게 움터 오른 여리고 부드러운 첫 싹으로 만든 것이다. 그야말로 용정차의 최상급이라 하겠다.

㉡ '기창(旗槍)': 일아일엽(一芽一葉)의 형태로 즉, 차나무 맨 위의 끝부분에 있는 뾰족하게 움터 오른 찻싹과 바로 아래 달려있는 찻잎 하나로 만든 것으로 그 모양이 싹은 창(槍)처럼 뾰족하고 잎은 깃발(旗)같다하여 '기창(旗槍)' 또는 '일창일기(一槍一旗)'

진짜 노용정(老龍井)-용정촌

이라고 한다.

㉢ 작설(雀舌)은 '일아이엽(一芽二葉)'의 형태 즉, 한 싹에 두 잎이 막 갈라져 나오는 것으로 '일창이기(一槍二旗)'라고도 하며, 그 잎의 형태가 아직 완전히 펴지지 않고 약간 말려 있는 것이 마치 참새 혓바닥 같다고 하여 '작설(雀舌)'이라 한다. 자료에 의하면 특급 용정차 1근(500g)을 만드는데 무려 7~8만개의 가늘고 여린 부드러운 찻싹(嫩芽)이 쓰여 진다고 한다. (참고로 중국은 현재 500g을 1근으로 계산한다. 대만은 아직도 여전히 600g을 1근으로 산정한다.) 좀 더 구체적으로 설명하자면, 특급 용정차를 만드는데 쓰이는 찻잎은 기본적으로 우선 온전한 형태의 '일아일엽(一芽一葉)'이며, 찻싹은 찻잎보다 길어야 한다. 또한 찻싹과 잎의 전체길이는 약 1.5cm이라야 한다.

항주 용정촌 노용정 옆의 다실

셋째의 "부지런해야 한다."는 말은 차농들의 육체적인 근면성을 뜻한다. 차를 채다하는 계절이 되면 녹색의 차밭이 펼쳐지는 차산(茶山) 위로 삼삼오오 짝을 지어 차를 따는 아가씨들을 거의 매일 볼 수가 있다. 그녀들은 모두 차광주리를 어깨에 메거나 또는 허리에 차고 차밭에 올라 마치 닭이 모이를 쪼아 먹듯 오랫동안 숙련된 두 손으로 재빨리 가늘고 여린 용정찻잎만을 따서 광주리에 담는다. 이렇듯 채다하는 계절이 되면 각자 조를 짜서 때에 맞춰 차산에 올라 찻잎을 따는 것은 이미 옛날부터 전해져 내려오면서 자연스럽게 형성된 그들만의 관습이다. 이상은 다른 차밭에서도 흔히 볼 수 있는 현상들이다.

그런데 문제는 용정차구의 찻잎을 따는 횟수가 다른 지역의 차밭에서 보다 훨씬 많다는 것이다. 때문에 용정차구의 차농들은 다른 지역의 차농들에 비해 몇 배는 더 손길이 바빠질 수밖에 없고, 더 부지런해야만 한다. 일반적으로 춘차(春茶)는 채다 시기의 전반기에는 매일

용정촌 전경과 차밭

채다하거나 혹은 하루걸러 채다한다. 그러다가 중후기에 와서는 며칠씩 건너서 한번 씩 채다한다. 근거에 의하면 용정차를 생산하는 지역에서는 한 해의 전체를 통해 차를 만드는 계절 중에만 30여 차례나 채다를 하게 되는데, 이는 정말 부지런하지 않고는 감당하기 어려운 횟수이다.

이상에서 살펴 본 '용정차의 채다(採茶) 3대 특징'을 필자는 개인적으로 녹차의 채다에 있어서 반드시 준수해야 할 〈채다 3대 강령〉이라고 정리해 보고 싶다.

(3) 용정차의 종류와 등급

중국의 녹차를 대표하는 용정차는 그 명성만큼이나 역사도 깊고, 이에 얽힌 전설도 많을 뿐더러 그 제다가 특이한 만큼 그 종류도 또한 복잡하고 다양하며 그 종류에 따라 붙여진 이름도 천태만상이다. 게다가 그 유명세만큼이나 진짜 같은 가짜도 무척이나 많은 중국차 중의 하나이다. 가짜 용정차 뿐만이 아니다. '용정차'란 이름에 나타난 '우물 정(井)'자에서 우리는 용정차가 우물과도 깊은 관련이 있다는 것을 쉬이 짐작할 수 있듯이 항주의 샘물 유적지들은 용정차의 유명세에 일조를 더하고 있다.

그래서 용정차 산지 중의 하나로 유명한 옹가산(翁家山)에는 원래 없던 '노용정(老龍井)'이라는 가짜 우물까지 만들어 놓고, 택시기사들을 이용해서 호객행위를 하고 있다. 건륭의 친필이 석각되어있는 노용정은 너무나 진품 같기에 이곳을 찾는 중국인들조차도 진짜인 줄 알고 기념촬영까지 하는 것은 물론 그 물로 손을 씻고 그 주변의 차장으로 들어가 차를 마시고 사간다.

필자도 이 용정이 원래의 '용정'이라는 택시 기사의 말에 깜빡 속아 정말로 새로운 유적지를 찾았다는 기쁨에 단숨에 달려가 사진도 찍고 차도 사고했다. 옹가산 자체가 전통 용정차 산지의 한곳이니

가짜 노용정(老龍井)에서 물을 긷는 관광객들

차야 속아 사지는 않았지만, '노용정'이란 말에 속아 그곳까지 따라가 가짜 용정을 촬영한 걸 생각하면 약간 분통이 치밀기도 했다. 하지만, 이 또한 용정차에 얽힌 새로운 전설의 탄생이니 나름대로 한번쯤 가 볼만한 가치는 있었다고 생각하며 스스로 위안을 가져 본다.

용정차가 다른 녹차와 구별되는 가장 큰 특징은 맛과 향에 앞서 우선 찻잎의 형태이다. 어느 차에서도 볼 수 없는 납작한 편형(扁形)이라는 것이다. 용정차가 처음 창제될 때부터 편형의 모습을 갖고 있는 것은 아니다. 언제부터 편형의 용정차가 시작되었는지 또 누가 만들기 시작했는지에 대해서는 정확하게 알 길이 없다.

각종 문헌에 의하면, 용정차 또한 여느 차와 마찬가지로 원래는 긴압(緊壓)된 단차(團茶)의 형태였으며, 마시는 방법 또한 당대의 삶아서 마시는 '팽다법(烹茶法)'과 송대의 가루차로 거품을 일으켜 마시는 '점다법(點茶法)'의 단계로 발전하였다. 그러다 명말(明末)·청초(淸初), 대략 1644년쯤에 이르러 비로소 납작한 형태의 편형으로 변형되었다는 게 중국차학계의 잠정적인 정설이다. 이로 미루어 짐작컨대, 용정차의 '편형(扁形)'의 역사는 대략 300~400년에 이를 것이라는 것이 중론(衆論)이다.

서호용정차는 각산지의 다원의 토질과 미세한 기후의 차이, 그리고 각 차농들의 초제(炒制: 볶아내는)하는 수준에 따라 각기 다른 품질의 차이와 특징을 보이며 아울러 그 등급이 매겨진다.

청나라 때부터 줄곧 차상들은 서호용정차를 각산지에 따른 네 곳으로 나누어 각기 다른 명칭으로 구분하여 불렀다. 중국인들은 이를 약칭하여 '사개자호(四個字號)'라고 한다. 즉, "네 개(四個)의 글자(字)로 부른다(號)."는 뜻이며, 그 네 글자는 바로 '사(獅)·용(龍)·운(雲)·호(虎)'이다.

① '사(獅)'자호는 그 생산지가 사자봉(獅子峰)을 중심으로 호공묘(胡公廟), 용정촌(龍井村), 기반산(棋盤山), 상천축(上天竺) 등을 포함한다. 사자봉은 약칭하여 사봉산(獅峰山)이라 한다. 현지에서 말하는 '사봉산 용정차'는 바로 '사(獅)'자호이다

② '용(龍)'자호의 산지는 옹가산(翁家山), 양매령(楊梅岭), 만각롱(滿覺隴), 백학봉(白

鶴峰) 일대이며,

③ '운(雲)'자호는 운서(雲棲), 오운산(五雲山), 매가오(梅家塢), 랑당령서(琅璫岭西) 등지이고,

④ '호(虎)'자 호는 호포(虎跑), 사안정(四眼井), 적산부(赤山埠), 삼태산(三台山) 등지를 산지로 한다.

사봉산의 내력을 소개한 비석(사봉산 용정촌 '노용정' 앞에 위치)

이상의 용정차들은 모두 서호를 중심으로 둘러싸인 여러 산지(山地)에서 생산되므로 '본산용정(本山龍井)'이라 부르며 최상급의 용정차이다. 그 다음 등급으로는 서호 부근 평지에서 생산되는 용정차로서 이를 '호지용정(湖地龍井)'이라 한다. 맨 마지막 등급은 서호 인근 지방에서 생산되는 모든 용정차를 가리켜 '사향용정(四鄕龍井)'이라 한다.

그 후, 근현대로 접어

들면서 차산업(茶産業)이 번성함에 따라 서호의 정통 용정차 산지 외에도 절강성 내의 여러 차산지에서 서호용정차를 모방한 용정차가 대량으로 생산되기 시작하였는데, 현지인들은 이를 가리켜 속칭 '절강용정차'라고 하여 최하급 또는 가짜 용정차로 취급한다.

1932년 『중국실업지』의 통계조사자료에 의하면 전후(戰後) 절강성에서 생산된 차엽은 총 21,000톤이고, 녹차가 차지하는 생산량은 총 18,500톤이었으며, 사봉, 용정, 매가오 일대에서 생산된 정통 용정차는 적게는 25톤에서 많게는 60~65톤에 불과했다. 반대로 인근 지역에서 '정통용정차'로 사칭하여 생산된 '절강용정차(일명, 가짜 용정차)'는 무려 3,750톤에 이르렀다.

항주 도시 농업 시범 원구(園區)-서호 용정차(용정촌)

당시는 용정차의 등급을 매기는 통일된 표준안이 없었기 때문에 당시의 차농들은 찻잎의 발아하는 시점을 기준으로 삼고 차를 따는 합당한 절기를 선택하여 네 단계로 등급을 분류하였다.

㉠ 첫 봄(頭春)에 따는 것은 '연심(蓮心)'이라 하며 청명에 따며,
㉡ 두 번째 봄(二春)에 따는 것은 '기창(旗槍)' 이라하며 곡우에 딴다.
㉢ 세 번째 봄(三春)에 따는 것을 '작설(雀舌)' 이라하고 입하(立夏)에 따며,
㉣ 마지막 늦은 봄 네 번째(小春) 따는 것을 '중아(重芽)'라고 하며 입하 한 달 뒤에 딴다.

용가산 생산의 고급 용정차

어쨌든 간에 차상(茶商)들은 차시장에서 용정차를 사고 팔 때 반드시 '사(獅), 용(龍), 운(雲), 호(虎)'자호의 기준에 따라 용정차를 세밀히 판별하고 또 그에 따라 가격이 천차만별로 매겨지고 있다.

가격의 통일된 일정

한 표준이 없이 상인들의 판단에 의해 가격이 좌우되던 용정차는 1949년에 이르러 급기야 국가의 관리를 받게 된다. 이로써 청대부터 줄곧 사용되어오던 서호용정차의 전통적인 '사개자호(四個字號)' 분류법은 중국 정부의 관여에 의해 그 분류법이 다음과 같은 세 종류의 품목(三個品類)으로 그 분류가 축소 개정된다. 첫째가 '사봉용정(獅峰龍井)'으로 원래의 '사(獅)'자호와 '용(龍)'자호에 해당된다. 둘째는 '매오용정(梅塢龍井)'으로 이에 해당하는 서호용정 대부분은 원래의 '운(雲)'자호에 해당한다. 세 번째는 앞에서 거론한 두 종류(사봉과 매오)를 제외한 그 나머지를 모두 통칭하여 '서호용정(西湖龍井)'이라 한다. 독자들의 이해를 돕기 위해 다시 표로 그려보면 다음과 같다.

▶1949년 이후 중화인민공화국에 의해 제정된 서호용정차의 등급 분류 기준

	분류(삼개품류)	해당 내용
서호용정(西湖龍井)	① 사봉용정(獅峰龍井)	원래의 '사(獅)'자호와 '용(龍)'자호에 해당
	② 매오용정(梅塢龍井)	원래의 '운(雲)'자호에 해당
	③ 서호용정(西湖龍井)	사봉과 매오를 제외한 기타 그 나머지를 통칭

그러나 1984년에 국가가 차엽의 판매 관리 계획 정책을 취소하고 차산업(茶産業)에 대해 민간 자유 경영으로 개방하는 정책으로 전환함에 따라 위의 표준분류도 서서히 도태되어 버렸다. 그러다가 1995년에 중국정부는 다시 새로운 '서호용정차 구매 통일질량 표준안'이 제정하였다. 새로 제정된 표준안의 의한 최고 등급별 품질의 특징을 보면, 특급은 찻잎의 외형이 편형으로 곧아야하며, 색택은 연녹색에 윤기를 띤다. 그 향기는 신선하고 부드러우며 맑고 청아하다. 그 맛은 신선하고 상쾌하며 달고도 순하다. 차를 우려 마시고 난 뒤 찻잔 밑에 보이는 엽저(葉底)는 차의 싹들이 마치 한 떨기 꽃송이를 따놓은 것 같아야 한다. 여기서 '엽저'란 차를 다 우려마시고 난 찻잎을 뜻한다. 통상 차를 품평하는 마지막

용정차 생산기지 '매가오' 입구(항주)

단계가 바로 '엽저'의 상태를 보고 찻잎의 원래의 상태를 점검하고 확인하는 것이다. 만약에 '엽저'가 부서져 있거나 흩어져 보이면 일단 상급으로 칠 수 없다. 1등급이나 2등급의 특징도 거의 비슷하나 특급과는 약간의 차이를 보인다. 일단 외형이 납작하고 뾰족한 형태의 편형(扁形)이며, 빛깔은 취록(翠綠)색을 띠며 향기는 맑고 향긋하다. 맛은 신선하고 깔끔하며 '엽저'는 가는 차 싹(細芽)이 선명함은 물론 온전하게 나타나야 한다.

중국의 경제·개혁개방 정책이후에도 줄곧 지금까지 서호용정차는 일반적으로 이상의 전통적 분류법을 기준으로 삼거나 혹은 정부의 표준안에 의해 차의 등급을 매긴다. 그러나 차를 농사 하는 차농(茶農)과 차를 구매하고 판매하는 차상(茶商)들은 제각각

중국차엽박물관(항주)

의 판단기준에 따라 그 등급의 기준이 달라지기도 하며, 각각 차의 생산지역이나 또는 각 차장(茶莊)들마다 그 등급의 기준이 약간의 차이를 보이고 있다. 게다가 여기에 얄팍한 상술까지 더해지면 그 기준은 더욱더 애매모호해지기도 한다. 다른 차에 비해 용정차는 특히 진품과 짝퉁의 구별이 어렵기도 하거니와, 진정한 용정차의 생산량도 아주 제한적이라서 진짜를 구한다하더라도 그 가격이 매우 고가(高價)이다. 따라서 차를 구매하는 사람들 각자가 용정차에 대한 전문적 지식을 습득하든가, 아니면 소비자 개개인이 가지고 있는 차에 대한 취향이나 또는 차를 판별하는 각자의 안목을 갖고 나름대로의 판별 기준을 갖고 적당한 가격의 용정차를 구매해서 마시는 수밖에는 달리 도리가 없는 듯하다.

용정다실 입구의 '용정문차(龍井問茶)'표석

벽라춘(碧螺春)의 전신(前身)
수월차(水月茶)

본서의 맨 앞에서 소개한 「불교사원에서 최초로 생산된 중국의 명차(名茶)」편에서 "북송 때에는 강소성 동정산(洞庭山) 수월원(水月院)의 산승(山僧)이 직접 채다하여 제다한 '수월차(水月茶)'가 있었는데 이것이 바로 그 유명한 '벽라춘(碧螺春)'이다."라고 이미 소개한 바 있다. '벽라춘'이 중국10대 명차 중의 하나라는 사실은 이미 많은 이들이 다 아는 보편적인 사실이다. 그러나 벽라춘이 불교와 깊은 인연에서 비롯되었다는 사실과 벽라춘의 전신이 수월차라는 사실을 아는 이는 그리 많지가 않을 것이다. 여기에서는 벽라춘의 먼 조상 벌 되는 '수월차(水月茶)'에 대해 소개하고자 한다.

동정서산(洞庭西山)에는 오래전부터 민간에서 전래되어 내려오는 다음과 같은 '차민요(茶民謠)'가 있다.

"산이 좋고 좋아, 물이 좋고 좋아. 산에 들어가 한 번 웃으니 온갖 번뇌가 다 사라지네. 사람들은 다들 바삐 왔다 바삐 가네. 차를 몇 잔 마시고서 제 갈 길을 바삐 가네." 그야말로 바쁜 일상 속에서도 차를 마시는 여유만큼은 잃지 않으려는 그들의 넉넉한 모습이 보인다.

동정서산(洞庭西山)은 강소성 오현(吳縣) 태호(太湖)에는 동정산(洞庭山)이 있다. 동정산은 다시 동산(東山)과 서산(西山)으로 나누어진다. 동정동산은 마치 거대한 배가 태호를 가로 질러 뻗은 듯이 있는 반도이고, 동정서산은 태호 가운데를 우뚝 솟아있는 섬이다. 『태평청화(太平清話)』에 의하면 "동정(洞庭) 소청산(小青山) 마을에는 차가 나는데 당송(唐宋) 때에 공차(貢茶)로 바쳤다. 마을 아래에는 수월사(水

강소성 동정산에 위치한 수월사 전경

月寺)가 있는데 곧 공다원(貢茶院)이다."라고 하였다. 여기서 '공차(貢茶)'란 조정에 정기적으로 공납(貢納)하는 차(茶)를 말하며, '공다원'이란 공차를 바치기 위해 정부에서 직접 관할하는 관청이며, 과거에는 통상 그 지역에서 가장 큰 절에 관리를 파견하여 관청의 역할과 소임을 대신하게 하였다. 당시 대부분의 절은 지방 관리가 파견되어 관청의 역할을 겸함은 물론, 지방 특산물의 집산지로서의 역할을 분담하기도 하였다.

고로 '수월차'의 명칭은 수월사에서 유래되었으며, 소청산에서 생산되는 차라하여 일명 '소청차(小青茶)'라고도 한다. 아울러 중국에서는 수월차를 가리켜 동정산의 동산과 서산에서 생산되는 중국의 명차 벽라춘(碧螺春)의 '노조종(老祖宗)'

공다원이 있었던 수월선사(水月禪寺)

이라 한다. 즉, 벽라춘의 '먼 선조, 먼 조상'이란 뜻이다.

어쨌든 역사가 참으로 오래된 차임을 한 눈에 알 수가 있으리라. '음차(飮茶)문화'의 역사가 당대(唐代)를 정식 출발점으로 시작하고 있음을 감안해 본다면 수월차는 참으로 오랜 역사를 가지고 있는 차임에는 틀림이 없다.

수월사는 남북조시기의 양(梁)나라 무제 대동(大同) 4년(538)에 창건되었으며, 중국 강남 제일의 명찰임과 동시에 '수월관음상(水月觀音像)'의 발원지이기도 하다. 수나라 양제의 대업(大業) 6년(610)에 잠시 폐사되었다가 당나라 소종(昭宗)의 광화(光化) 연간(898~901년)에 산승 지근(志勤)의 탁발 시주로 다시 중건되었다.

당나라 애제(哀帝)의 천우(天佑) 4년(907)에 소주(蘇州) 자사(刺史) 조규(曹圭)가 '명월선원(明月禪院)'으로 이름 붙였던 것을 북송 때에 이르러 진종(眞宗)황제 조항(趙恒: 998~1022년)이 '수월선사(水月禪寺)'라 새로이 이름을 하사하여 오늘에 이르렀다. 수월사(水月寺)는 불사(佛事)뿐만이 아니라 역대로 공차(貢茶)를 바치고 관장하였기 때문에 일명 '수월공다원(水月貢茶院)'이라고도 한다.

옛 절 경내에는 적지 않은 유명 인사들의 비각이 있는데 당대 소주(蘇州) 자사를 지낸 백거이(白居易)의 시비, 북송 시인 소순흠(蘇舜欽)의 『소주동정산수월선원기사비(蘇州洞庭山水月禪院記事碑)』, 송대리평사(宋大理評事)였던 소자미(蘇子美)의 『수월선사중흥기비(水月禪寺中興記碑)』등이 그것이다. 그 중에 특히 소자미의 수월차(水月茶)를 노래한 시 한 수가 비석에 새겨져 있어 수많은 후인들의 주목을 끌고 있다.

수월관음상

"만 가지의 소나무는 청산(青山) 마을을 뒤덮고, 천 그루 배꽃은 만발하여 흰 구름 뜰(白雲園)을 이루었네. 무애천(無碍泉) 샘물로 다린 (수월차) 향기는 극품(極品)을 자랑하고, 정제(精製)된 소청차(小青

茶)는 그야말로 으뜸이로세."

이상에서 보듯이 수월차가 일찍이 당·송 때에 얼마나 많은 문인(文人)·아사(雅士)와 고위 관직의 귀족층들로부터 호감을 받았는지를 충분히 짐작하고도 남음이 있으리라. 문헌에 의하면 예부터 사원에서는 백 무(畝)의 경작이 가능한 산지를 소유하고 있었는데 대부분이 차나무와 배나무 및 기타 과실나무 등을 재배하고 있었다. '무(畝)'는 중국 고대의 면적을 측량하는 단위로 이랑이나 논·밭의 면적을 말하며, 옛날에는 5평방 척(尺)을 1평방 보(步)라 하고, 240 평방 보(步)를 1무(畝)라 하였다. 지금의 측량 단위로 계산하면 '1무(畝)'는 6.667 아르(a)에 해당하니, 백 무(畝)라면 대략 2만 여 평의 면적이 된다. 즉,

소미자가 머물렀던 창랑정(滄浪亭)

각 사찰마다 2만 여 평의 차밭을 소유하고 있었다는 것을 알 수가 있다.

어쨌든 '소청차'가 조정에 매년 정기적으로 헌납하는 공품(貢品)으로 지정된 후, 매년 산승들이 이른 봄에 햇차를 만들면, 소주부(蘇州府: 소주를 관할하는 관청)에서는 지체함이 없이 관원을 파견하여 빠른 말(快馬)로 달리어 황제가 있는 서울까지 차를 공납하였는데, 그때마다 수월차는 매번 황제와 문무백관들의 아낌없는 찬사를 받았다고 한다.

수월차는 녹차로서 명전과 우전으로 구분하여 청명절 이전에 채취한 것을 명전(明前), 곡우 이전에 딴 것을 우전(雨前)이라 하며 대체로 '우전'을 귀하게 여긴다. 수월차 중에서 우전은 특히 사람들에게 차 중의 '묘품(妙品)'으로 여겨져 그 가격이 실로 혀를 내두를 정도로 높았다 한다. 사료에 의하면 "(수월차 우전) 한 근 값은 백은(白銀) 3냥이며, 특히 오(吳)의 사람들이 귀하게 여기나 결코 구하기가 쉽지 않다."고 전한다.

수월사의 차나무는 대부분 깊은 산골 마을과 산 계곡물 가에서 생장한다. 차나무 주변이 모두 배(梨)나무와 비파(枇杷)나무이다. 그래서 과실의 꽃이 필 때면 그 향기가 코를 찌르듯 온몸으로 확 끼쳐온다. 차나무는 바로 이러한 곳에서 진한 과실 꽃향기를 마시며 자라기 때문에 수월차의 맛은 여느 차와는 다르게 유달리 향기롭다.

찻잎을 따는 시기가 되면 산승들은 채다 전에 반드시 목욕재계한 뒤, 넓고 풍덩한 승복을 입고 대광주리 대신 옆구리에 포대를 하나씩 차고 차를 따러 간다. 차를 딸 때는 오직 일아일엽(一芽一葉)의 찻싹 만을 조심스레 가리어 따며, 포대가 다 차면 나머지는 품속에다 담는데, 찻잎이 사람의 체온을 받아 특이한 향기가 나는데, 산사람들은 이를 일러 "사람을 놀라죽이게 하는 향기"라고 한다.

용정차(龍井茶)가 호포천(虎跑泉)과 항주의 쌍절(雙絶)을 이루듯 좋은 차는 좋은 물과 함께 어울려야 제 향기를 뽐낼 수가 있다. 수월차(水月茶) 역시 수월사 옆의 '무애천(無碍泉)'의 물로 다려야 제 맛이 난다고 전한다.

수월사는 현재 폐사되었지만 동정서산(洞庭西山) 산중에는 아직도 그때의 고령의 오래된 차나무들이 적지 않게 남아 있고, 당시 산승들이 수월차를 제다하던 기술도 여전히 민간에서 대대로 끊이지 않고 전승되어 오고 있다.

1699년 청나라 강희제(康熙帝)가 남쪽을 순례하다가 소주(蘇州)에 이르러 태호를 유람하던 중 배 위에서 소주 순무(巡撫: 관직명)였던 송락(宋犖)이 뽕나무 껍질로 만든 종이에 포장된 햇차를 꺼내 보이며 "이것은 동정산(洞庭山)의 명차입니다."하며 강희제에게 바쳤다. 강희제는 즉시 시종에게 명하여 포장을 뜯게 하였다. 포장을 열자마자 차의 맑은 향기가 강희제의 코를 찌르는 것이 아닌가! 기이(奇異) 여긴 강희제가 자세히 보니 차의 굽은 모양이 마치 소라(螺) 모양을 하고 있었으며 또 차를 우리니 그 색깔이 푸르기가 마치 녹옥(綠玉)을 보는 듯했다. 차를 품미(品味)한 황제는 크게 기뻐하여 연이어 감탄을 금치 못하고는 그 자리에서 바로 '벽라춘(碧螺春)'이라는 이름을 하사하였다. 이때부터 각지의 지방관

청나라 강희제

들은 매년 앞을 다투어 신차를 진공하기 시작하였고, 벽라춘은 이때부터 그 명성을 사해에 떨치며 급기야 중국 십대명차(十代名茶)의 반열에 오르게 되었다.

중국 십대 명차

벽라춘(碧螺春)

(1) 재배환경과 채적(採摘) 및 제다(製茶)

◀벽라춘 재배의 환경적 특징▶

벽라춘은 강소성 오현(吳縣) 태호(太湖) 동정산(洞庭山)에서 생산된다. 동정산은 다시 동정동산(洞庭東山)과 동정서산(洞庭西山)으로 나누어지는데 동정동산은 마치 하나의 큰 배가 태호(太湖)를 향해 몸을 내밀고 들어가는 형상을 띠고 있는 반도(半島)이며,

벽라풍경구 표석

동정서산은 태호 가운데 우뚝 솟아있는 크고 작은 섬들이다.

이 두 산의 기후는 대체로 따뜻하다. 연평균기온이 15.5~16.5℃이고, 연강우량이 1300~1500mm 이다. 태호의 수면에는 물기가 피어올라 늘 운무가 그윽하다. 공기가 습윤하고 토양은 미세한 산성(酸性) 내지는 산성을 나타내고 있다. 게다가 토질이 푸석푸석하여 차나무가 자라는 데 매우 적합하다.

전문(前文)의 〈벽라춘의 전신 수월차(水月茶)〉 편에서 언급한 바와 같이 '동정벽라춘'은 다른 차와는 달리 차나무와 과일나무가 공존하는 특이한 재배환경을 형성하고 있다.

동정산의 벽라춘 차밭(茶園)

예를 들자면, 이곳의 차나무는 복숭아나무·배나무·살구나무·감나무·귤나무·은행나무·석류나무 등의 과수와 교차하여 심어져 있다.

푸릇푸릇 녹음(綠陰)이 뚝뚝 떨어질 듯, 한줄 한줄 늘어 서있는 차나무들은 마치 한 폭의 녹색 병풍이 펼쳐진 것 같고, 한 조각조각 짙은 나무그늘로 마치 우산을 쓴 것 같은 과일나무는 눈서리 맞은 듯 꽃잎에 새하얗게 덮여있어 차나무와 과일나무는 서로 가리어져 보일듯 말 듯 가을햇살에 더욱 조화롭다.

차나무와 과일나무의 벌어진 가지 끝들은 서로 이어지고, 뿌리의 줄기는 서로 통하여 차는 과일 향을 흡수하고 그 꽃향기는 차 맛을 더해주니, 자연스레 꽃향기와 과일 맛이 깃들여진 벽라춘이 만들어지는 것이다.

또 명나라 때, 나름(羅廩)의 『다해(茶解)』에 이르기를 "차밭에는 잡스러운 조잡한 나무들은 적합하지가 않으며, 오직 계화·매화·자목련·백목련·장미·청송(靑松)·청죽(靑竹) 등과 같은 종류의 나무 사이에 심어야 눈서리 덮인 듯이 차나무와 서로 가리는듯하면서도 잘 조화를 이루어 가을빛에 그 모습이 더욱 돋보인다."하였다. 이상에서 거론한 재배 환경의 특징은 모두 벽라춘의 꽃향기의 흡착 및 과일향의 맛을 자연스럽게 형성하기 위한 것임을 알

수 있겠다.

◀벽라춘의 채적(採摘)▶

벽라춘은 찻잎을 따고 만드는 데 있어 고도의 기술을 필요로 하고 있다. 벽라춘의 찻잎을 따는 데는 3가지 특징이 있는데, 첫째 따는 시기가 일러야하며, 둘째는 부드러운 싹이나 잎을 따야하며, 셋째는 정갈한 것을 가려 따야 한다.

매년 춘분 전후에 따기 시작하며, 곡우 전후에 따는 일을 마쳐야 한다. 벽라춘의 품질에서는 춘분(春分)에서 청명(淸明) 때까지 따서 만드는 '명전차(明前茶)'의 품질을 가장 으뜸으로 친다.

채적한 벽라춘 선엽(鮮葉)

통상 차나무의 최상단부의 맨 끝에 솟아오른 찻싹인 '일아(一芽)'와 잎이 이제 막 펼쳐지려는 '일엽(一葉)'을 따는데, 길이가 1.6~2.0cm 되는 찻싹을 원료로 사용하며 잎의 형태는 구부러져 마치 참새 혓바닥 같아서 속칭 '작설(雀舌)'이라고도 한다.

최고급의 벽라춘 500그램을 제다하는 데 대략 6만 8천~7만4천 개의 찻싹이 필요하다. 역사에 의하면, "예전에는 500그램의 '벽라춘'을 만드는 데 무려 9만 개 정도의 찻싹이 필요로 했다"고 한다. 이는 현재와는 달리 과거에는 아주 어리고 부드러운 찻싹만을 골라서 땄을 뿐만 아니라 그 때는 기술 또한 현재의 일반적 채취기술이나 요령보다 훨씬 뛰어났음을 말해주고 있는 것이다. 특히 가늘고 부드러운 찻잎에는 아미노산(amino acid)과 폴리페놀(Tea polyphenols: 茶多酚)을 풍부하게 함유하고 있다. 중국에서는 폴리페놀을 '차다분(茶多酚)'으로 표기한다.

채취해온 차 싹과 잎은 반드시 적시(適時)에 정성을 쏟아 좋은 것을 골라내고 나쁜 것을 가리어 내어야 한다. 즉, 큰 잎과 표준에 부합하지 않은 싹과 잎을 가려서 제거함으

동정 벽라춘 아엽(芽葉)

로써 싹과 잎이 모두 고르고 일정한 크기에 맞도록 선별하여야 한다.

통상적으로 한 근의 찻싹과 찻잎을 선별하는 데 걸리는 시간은 대략 2시간에서 4시간 정도이며, 이렇게 찻싹과 찻잎을 선별하는 과정은 신선한 찻잎을 펼쳐놓는 '탄방(攤放)과정'이기도 하다. 그러므로 이때 찻싹과 찻잎 속의 함유물들이 가볍게 산화작용을 일으키게 되며, 벽라춘의 품질에 있어 유리한 작용을 하게 된다.

벽라춘의 채적(採摘)과 초다(炒茶)는 일반적으로 하루에 다 이루어진다. 새벽 5시에서 아침 9시까지 찻잎을 따고, 9시에서 오후 3시까지 부적합한 찻잎을 골라내게 된다. 이렇게 정성껏 선별된 찻잎은 오후 3시부터 저녁까지 계속 이어서 덖음(炒制) 과정을 통해 완성되게 되는

벽라춘 찻잎(선엽) 고르기

데, 이때 주의할 점은 당일 채취한 찻싹과 찻잎은 당일 바로 덖어야하며, 절대 하루를 넘겨서는 안 된다는 것이다.

◀벽라춘(碧螺春)의 제다 과정▶

벽라춘의 제다 공정(工程)의 특징은 손에서 차가 분리되지 않음과 동시에 차는 또한 솥에서 분리되지 않는다는 것이다.

찻잎을 주무르고 비비는 '유념(揉捻)'과정 중에 덖어 내는 '초제(炒制)'과정이 이루어지고, 덖는 도중에 유념과정이 이루어져야 한다. 즉, 덖음과 유념이 함께 동시에 결합하여 이루어지도록 두 과정의 조작이 연속적으로 이루어진 뒤, 솥에서 꺼내면 곧 된다. 벽라춘의 주요 공정순서는 살청(殺靑)·유념(揉捻)·차단현호(搓團顯毫)·홍건(烘乾) 등으로 이루어진다.

초제(덖기) 직전의 벽라춘 선엽(鮮葉)

① 살청(殺青)은 바닥이 평평하게 얕은 솥이나 가운데가 움푹 들어간 솥에서 진행되며, 솥의 온도가 190℃~ 200℃일 때, 찻잎 500그램 정도를 넣고, 양손으로 찻잎 흔들어 털기 위주의 방법으로 뒤집고 덖기를 약 3~5분 정도에 걸쳐 신속히 진행한다.

② 유념(揉捻)은 솥의 온도가 70~75℃일 때, 뭉친 찻잎 털어내기·덖기·유념의 세 가지 방법을 교체하여 동시에 진행한다. 이 세 가지 과정을 통해서 찻잎의 수분이 감소하며 찻잎의 외형도 서서히 형성된다. 덖을 때 찻잎을 쥘 때는 너무 꽉 쥐거나 지나치게 헐겁지 않도록 알맞게 쥐어야 한다. 너무 헐겁게 잡으면 외형이 제대로 형성되지 못하고, 너무 지나치게 꽉 잡으면 찻잎이 넘쳐 떨어져 나와 솥에 눌어붙어 탄 맛이 생겨남과 동시에 찻잎의 색

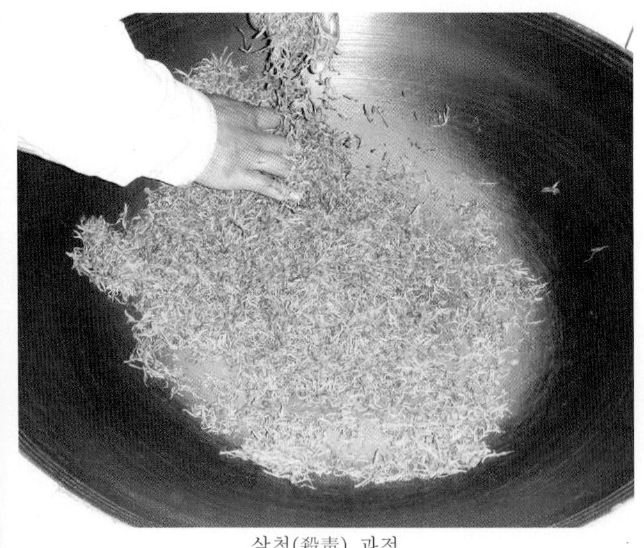

살청(殺青) 과정

깔이 검게 변하고, 찻잎의 가닥이 부러져 가루가 되며 하얀 솜털도 부스러져 버린다. 찻잎의 건도가 60~70%에 이르는 시간은 약 10분 동안이며, 계속하여 솥의 온도를 낮추면서 곧바로 '차단현호(搓團顯毫)' 단계로 전환하게 된다. 이 단계는 총 12분~15분 정도의 시간이 소요된다.

③ 차단현호(搓團顯毫)과정은 찻잎의 외형이 소라처럼 돌돌 말린 형태를 갖추고 하얀 솜털이 찻잎의 전신에 덮이게 하는 중요한 공정단계이다. 솥의 온도가 50~60℃일 때, 한편으로 덖고, 한편으로는 양손을 이용하여 힘주어 찻잎 전부를 비비어 여러 덩이의 작은 뭉치가 되게 함과 동시에 불시에 떨어 흩트리기를 수차례 반복하게 된다. 외형이 소라처럼 구불구불한 형체에 이르고 솜털이 나타나

유념(揉捻) 과정

면서 거의 80%가 완성되었을 때, 불에 쬐어 말리는 '홍건(烘乾)'과정으로 들어가게 된다. 이 과정은 총 13~15분 정도가 소요된다.

④ 홍건(烘乾)단계에서는 부드럽게 유념하고 가볍게 덖는 방법을 사용하여 형태를 고정시킴과 동시에 백호(白毫)가 계속 나타나게 하고, 수분을 증발시키는 데 그 목적이 있다. 90%정도 건조 됐을 때, 찻잎을 솥에서 꺼내어 뽕나무 껍질로 만든 종이 위에 펼쳐 놓는다. 그 다음에는 찻잎을 펼쳐놓은 종이채로 다시 솥 위에 올려놓고 문화(文火)로 충분히 건조시킨다. ―'문화(文火)'란 아주 약한 불을 일컫는 말이다. 반대로 아주 강한 불은 '무화(武火)'라고 한다.

이 때 솥의 차단현호(搓團顯毫) 온도는 30~40℃이며 말린 찻잎의 함수량은 7%정도이고 걸리는 시간은 6~8분이다. 전체 홍건(烘乾) 단계에서 소요되는 시간은 대략 40분 정도이다.

(2) 품질 · 품음 방법 · 저장방법 및 또 하나의 민간전설

◀벽라춘의 품질▶

벽라춘은 현재 대략 7등급으로 나누어진다. 찻싹과 찻잎이 1등급에서 7등급으로 점차 확대 분류됨과 동시에 오히려 벽라춘의 특징이라 할 수 있는 용모(茸毛)는 점차 감소하는 추세이다. 여기서 '용모(茸毛)'란 고급차의 일창일기(一槍一旗)에서 흔히 보이는 차싹과 찻잎 뒷면에 나있는 하얀 솜털로써, 일반적으로는 '백호(白毫)'라고 칭한다.

청나라 말기, 진균(震鈞: 1857~1918년)이 저술한 『차설(茶說)』에는 "차는 벽라춘을 최고로 치며, 구하기가 쉽지 않은데, 강소성의 천지(天池)의 것이 바로 그것이다. 그 다음이 용정차이며, 개차(岕茶)는 약간 거칠

차단현호)(搓團顯毫) 과정

며…… 그 다음은 육안(六安)의 청자(青者)이다."라고 기재하고 있다. 이는 벽라춘이 당시 중국명차 중에서도 최고의 차임을 입증해주는 역사기록이라 하겠다. 여기서 말한 '천지(天池)'는 강소성 소주시 서남쪽으로 15km 떨어진 외곽에 있다. 산의 서부 산간과 평지에 움푹 파인 못이 있는데 '천지(天池)'라고 하며, '천지산(天池山)'은 여기에서 유래되었다. 그리고 '청자(青者)'라 함은 육안(六安)에서 생산되는 청자(青者)를 말하며, 현재의 '육안과편(六安瓜片)'을 가리키는 말이다.

벽라춘의 품질적인 특징을 보면, 매 찻잎의 가닥의 꼬임새가 매우 가늘고 섬세하며, 찻잎의 형태는 소라모양으로 말려있고, 찻잎이 온통 백호로 뒤덮여 있다. 빛깔은 은백색에 비취색이 은은하게 나타나고, 향

고급 벽라춘(건엽)

기는 진하고 맛은 신선하고 감미로우며 순후하다. 탕색은 투명한 벽록(碧綠)색을 띠며, 엽저(葉底)를 보면 밝은 연녹색이 비친다. 이로 인해 중국에서는 벽라춘을 가리켜 '한 싹 또는 한 찻잎에 색과 향과 맛의 세 가지 신선함을 지녔다.'는 뜻으로 '일눈삼선(一嫩三鮮)' 또는 '일아엽삼선(一芽葉三鮮)'의 미칭으로 많은 이들의 입에 회자되고 있다.

◀벽라춘의 품음(品飮) 방법▶

중국인들이 고급 벽라춘을 음미하며 마시는 걸 보면 꽤나 흥미롭고 나름대로의 정취(情趣)를 느끼며 마시는 것을 볼 수가 있다. 우선 전통 찻잔인 개완(蓋碗)이나 혹은 깨끗하고 투명한 긴 유리

벽라춘 엽저(찻물을 다 우려낸 잎)

잔에 70~80도 정도의 끓인 물을 채운 뒤, 찻잎을 넣는다. 개완이나 유리찻잔 속에 들어간 벽라춘은 이내 곧 서서히 가라앉기 시작하고, 순식간에 찻잔 속에서 일어나는 찻잎의 움직임은 보는 이를 매료시키기에 충분하다. 중국인들은 이런 모습을 가리켜 "흰 구름이 소용돌이치고, 눈꽃이 춤추듯 날리는 듯하다."고 묘사한다. 이때 벽라춘의 맑은 향기는 이미 보는 이를 취하게 한다. 중국의 다인들은 이를 '3종의 기관(奇觀)'이라 하여, 첫째는 눈보라가 구슬을 뿌리는 듯 하고, 둘째는 찻잔 바닥이 봄에 물들여지고, 셋째는 수정궁이 신록으로 가득 차는 모습을 감상하며 즐기고 있다. 그 맛을 볼 때, 첫째 잔은 색이 옅고, 향기가 은은하며, 맛이 산뜻하고 고아하다. 둘째 잔은 취록(翠綠)색을 띠며 향기 그득하고, 맛은 순후하다. 셋째 잔은 푸르고 맑으며, 향기가 진하여 그 맛이 회감(回甘)하는 즐거움을 느낄 수가 있다. 단, 진한 향기와 맛이 회감하는 오룡차에 입맛이 길들여진 이들은 처음엔 벽라춘의 참맛을 잘 못 느낄 수도 있다.

◀벽라춘의 저장방법▶

벽라춘의 저장방법은 대단히 정교하고 꼼꼼하다. 전통적인 저장방법은 찻잎을 종이에 싸서 석회덩어리를 싼 포대와 함께 항아리에 저장한다. 저장할 때는 석회덩이의 포대를 밑에 넣고, 종이에 싼 차를 얹는데, 그리고 다시 그 위에 석회 포대를 얹고, 또 그 위에 차 봉지를 얹는 식으로 항아리에 채워 넣고 뚜껑을 닫고 밀봉하게 하는데, 이는 습기 방지를 위한 전통식 저장방법이다. 그러나 과학의 발달로 현재는 전통의 방식은 점점 사라지고, 현재는 공기차단을 위해 세 겹으로 된 비닐봉지나 금박지로 된 봉지로 단단히 묶어서 영상 10℃이하의 냉장고에 보관한다. 이렇게 저장한 벽라춘은 다른 녹차류와는 달리 오랫동안 보관하여도 그 색과 향과 맛이 여전히 햇차(新茶)와도 같으며 그 맛이 신선하고 순후하며 입안에 매우 상쾌함을 준다.

◀벽라춘의 민간 전설▶

벽라춘의 차명(茶名)의 유래에 대해서는 이미 앞에서 거론한 '강희제의 전설' 외에도, 민간에서 전하는 감동적인 전설이 또 하나 있다.

민간 전설에 의하면, 옛날에 태호(太湖)의 서동정산에는 부지런하고 착한 아가씨가 홀로 외롭게 살고 있었는데, 그녀의 이름이 바로 '벽라(碧羅)'였다. 벽라는 아름답고 총명하며 노래하기를 좋아할 뿐만 아니라 게다가 목청 또한 매끄럽고 낭랑하기가 마치 구름이 흐르는 듯 물이 흘러가는 듯하여, 마을 사람들은 모두 그녀의 노랫소리 듣기를 좋아했다.

그런데, 물을 사이에 두고 마주 바라보이는 동정동산(洞庭東山)에는 '아상(阿祥)'이라는 고기잡이 청년이 한 명 살고 있었다. 아상은 사람됨이 용감하고 정직하며 남을 도와주기를 좋아했다. 그래서 동정동산(洞庭東山)과 동정서산(洞庭西山) 사방 수 십리 일대에 있는 사람들은 모두 그를 존경하였다. '벽라'의 고운 노랫소리는 늘 태호에서 고기잡이 하는 아상의 귓가에까지 들려왔고, 아상의 어느새 벽라의 노랫소리에 마음이 이끌

개완(蓋碗) 속에 우려낸 벽라춘

리어 그녀를 흠모하게 되었지만, 만날 길이 없었다.(조맹부)

그러던 중, 어느 해 이른 봄 하루는 태호에 갑자기 악룡(惡龍)이 한 마리 나타나 호산(湖山)에 서리고서, 강제로 사람들에게 서동정산에 사당을 짓게 하고 매년 소녀 한 명을 선발하여 바치어 '태호부인'으로 삼게 하였다. 태호의 백성들이 악룡의 요구에 응하지 않자, 악룡은 곧 분노하여 동정서산을 소탕하고 '벽라'를 약탈해 가겠다고 큰소리쳤다.

악룡의 소식을 전해들은 '아상'의 마음속에 곧 불길 같은 분노가 타오르고, 의분을 억누를 길이 없었다. '아상'은 이웃동네인 동정서산과 '벽라'의 안전을 구하고, 태호의 평화를 위해 심야(深夜)에 몰래 동정서산으로 헤엄쳐 건너갔다. 동정서

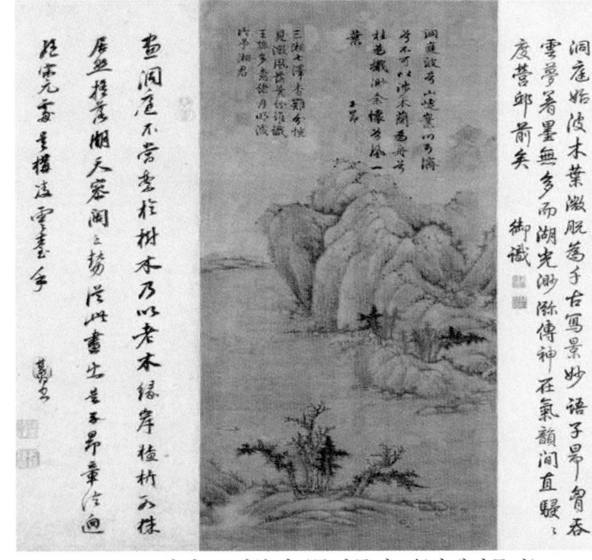

원대 조맹부의 '동정동산도'(상해박물관)

산에 도착한 '아상'은 손에 날카로운 무기를 들고 악룡과 싸우기 시작하여 칠일 밤낮을 연속으로 대접전을 벌인 결과 '아상'은 악룡과 함께 모두 중상을 입고 동정호 물가에 드러누웠다. 이웃마을 사람들이 호숫가에 가보니, 악룡은 없앴지만 악룡을 굴복시킨 영웅인 '아상' 자신은 이미 전신에 중상을 입고 피투성이로 쓰러져 있었다. '벽라'는 자신의 목숨과 마을을 구한 '아상'의 은혜에 보답하고자 마을사람들에게 '아상'을 자신의 집으로 데려다 줄 것을 요구했다. '벽라'는 직접 '아상'을 간호하고 치료해주고 싶었던 것이다. 그러나 '아상'은 상처가 너무 심해 이미 혼절한 상태였다.

하루는 '벽라'가 약초를 찾다가 우연히 '아상'과 악룡이 혈전을 벌였던 곳을 지나게 되었다. 뜻밖에 거기서 가지가 무

벽라춘의 고향 동정산(洞庭山) 東山의 풍경구 안내도

성한 한그루의 작은 차나무가 자라있는 것을 발견하게 되었다. '벽라'는 곧 악룡을 물리친 '아상'의 공적을 기리기 위해 이 작은 차나무를 동정산(洞庭山)에 옮겨 심고 성심을 다해 보살폈다. 때마침 청명절이 막 지난 터이라 그 차나무에는 신선하고 부드러운 싹 잎이 돋아나 있었다. '아상'의 몸은 오히려 날이 갈수록 점점 쇠약해져 탕약도 듣지 않았다. '벽라'는 온갖 애를 태우다가 문득 산에 옮겨 심어놓은 '아상'의 선혈로 자란 차나무가 생각났다. 이에 '벽라'는 곧장 산으로 올라가 찻싹을 한 입 따서 입에 물고 내려와 취록청향(翠綠淸香)의 차탕을 '아상'에게 마시게 했더니 '아상'은 즉시 정신을 차리게 되었다. 그때서야 '벽라'는 '아상'의 굳고 창백한 얼굴에서 처음으로 웃는 모습을 보게 되었다. 그녀의 마음에는 비로소 기쁨과 위안의 행복함이 가득했다. '아상'도 신기해하며 '벽라'에게 물었다. "이것은 어디에서 따온 '선명(仙茗)'이오?" 그러자 '벽라'는 '아상'에게 사실대로 일러주었다. 그 후로도 '벽라'는 매일 이른 아침에 산에 올라 이슬 머금은 차싹을 입으로 한 재갈 물고 돌아와 찻싹을 비비고 말리어 향기로운 차를 우려서 먹이

자 '아상'의 몸은 점점 원기를 회복하게 되었다. 그러나 매일 차를 한 재갈씩 물고 내려와 지성으로 '아상'에게 차를 다려 주던 '벽라'는 오히려 점점 원기를 잃어가더니 마침내 초췌하게 죽고 말았다. '아상'은 전혀 생각지도 않게 자신을 구하려다가 아름답고 선량한 '벽라'를 잃게 됨을 크게 비통해하며 이웃사람들과 함께 '벽라'를 동정산 위의 차나무아래에서 장례를 치르고, '벽라'의 훌륭한 넋을 기리기 위해 이 신기한 차나무를 '벽라차(碧螺茶)'라 하였다. 후대 사람들은 매년 봄마다 벽라 차나무에서 딴 싹과 잎으로 차를 만들었다하여 차(茶)자 대신 봄 춘(春)자를 붙여 '벽라춘(碧螺春)'이라 고쳐 부르게 되었다.

2010년 새로 신설된 벽라춘 도매시장

세계적인 명성의 '차중진품(茶中珍品)'
"혜명차(惠明茶)"

우리나라 사람들에게는 다소 낯설게 들리는 '혜명차(惠明茶)'는 일찍부터 그 명성을 세계적으로 인정받은 명차 중의 명차이다. 1915년 파나마 만국박람회에서 '차중진품(茶中珍品)'으로 공인받고 영예의 금상(金賞)을 수상한 이래 더욱 그 명성을 떨치고 있다. 그 동안 줄곧 거론해 온 명차들과 마찬가지로 혜명차 또한 명산(名山)·명찰(名刹)과 아주 밀접한 관계를 맺고 있는 차이다. '혜명차(惠明茶)'는 절강성 경녕현(景寧縣) 적목산(赤木山) 혜명사(惠明寺) 주위에서 생산되기 때문에 그 이름도 여기에서 기인한 것이다. 혜명차는 그 명성만큼이나 유구한 역사와 전설을 가지고 있다.

전설에 의하면, 당나라 선종(宣宗) 대중(大中) 연간(年間: 847~860년)에 사족(畲族)출신의 '뇌태조(雷太祖)'라는 노인이 네 명의 자식을 데리고 고향의 가뭄과 기근을 피해 광동성(廣東省)과 강서성(江西省) 등지를 유랑하던 중, 강서성에서 우연히 어느 친절한 스님을 만나게 되었다. 이때 뇌태조 5부자(父子)는 얼떨결에 그와 함께 동행(同行)하여 유랑하다가 마침내 절강성(浙江省)까지 오게 되었다. 절강에 도착한 후 스님과 헤어진 '뇌태조'는 네 명의 자식들과 함께 경녕현 관내의 '대적갱(大赤坑)'이라는 황량한 심산오지 마을로 들어가 갈대로 엮어 움막을 짓고 황무지를 개간하여 씨를 뿌려 밭을 일구며 하루하루를 연명하게 되었다.

운무에 휩싸인 혜명사 전경

그러던 중, 못된 어느 한 원주민이 뇌태조 5부자(父子)들이 황무지를 개간해 밭을 일궈 놓은 것을 보고는 갑자기 욕심이 생겨 관청에다가 뇌태조가 자신의 땅을 몰래 점거했다고 억지 고변하였다. 억울함을 당한 뇌태조는 할 수 없이 모든 것을 빼앗긴 채 자식들을 데리고 산을 내려와 또 다시 유랑 길을 떠나게 되었다. 그런데, 경녕현 학계진(鶴鷄鎭)에 이르러 너무나 뜻밖에도 전에 절강성까지 함께 동행해 온 스님을 다시 만나게 되었다. 뇌태조 5부자의 전후사정을 들은 스님은 그들을 가엾이 여겨 함께 자신이 거쳐하는 혜명사로 데리고 갔는데, 이 스님이 바로 적목산 혜명사 개산종조(開山宗祖)이다. 스님은 이들 뇌씨 부자들에게 혜명사 주위를 개간하여 차를 심게 하였는데, 뇌태조 5부자는 거기서 열심히 땅을 개간하고 차나무를 일구어 얼마 되지 않아 맛 좋고 향긋한 차를 많이 수확하게 되었다. 이것이 바로 혜명차가 유래된 전설이다.

『경녕현지(景寧縣志)』에 의하면 "찻잎은 각 지역 모두 있지만, 오직 혜명사 및 제두촌(漈頭村)에서 생산되는 것이 특히 우수하다. 민국(民國) 4년(1915)에 아메리카합중국 파나

혜명사 부근의 차밭

마만국박람회에서 일등증서와 금메달을 획득하여 생산량이 급증하였으며 전 고을에서 생산된 차의 수출량은 45만근에 달했다."고 한다. 여기서 '민국(民國)'은 손문(孫文)과 장개석(蔣介石)이 건국한 중화민국정부(별칭 국민당 정부)의 연호이다. 대만은 지금도 여전히 '민국'이란 연호를 사용하고 있다.

혜명차는 주로 적목산(赤木山)구역에서 생산되는데, 그 중에서도 혜명사(惠明寺)와 제두촌(漈頭村) 일대에서 집중적으로 생산된다. 이 지역은 차를 생산하기에 매우 적합한 자연조건을 갖추고 있다. 혜명사는 해발 630미터이며, 제두촌은 해발 800미터이다. 적목산의 주봉은 해발 1,500미터로 산봉우리가 하늘 높이 치솟아 있다. 산은 숲이 무성할 뿐만 아니라 온산에 구름과 운무로 뒤덮여 있어 기상의 변화가 다양하다. 매년 봄과 가을에 아침저녁으로 높은 산에 올라서서 멀리 내려다보면 산 아래로 구름노을만이 망망하게 보일 뿐이다.

이곳의 토양은 산성의 사질(沙質)을 띤 황양토(黃壤土)와 향회토(香灰土) 위주로 구성되어 있어 토질이 전반적으로 비옥하며, 강우량이 풍족하다. 이러한 현지의 우수한 토양과 기후조건으로 인해 오랜 세월동안 차를 생산하는 과정에서 점차적으로 본지의 복합적인 차나무의 품종을 형성했다는 것이 특이할 만한 점이다.

그래서 현지의 차농(茶農)들은 이곳에서 생장하는 차나무를 대엽차(大葉茶), 죽엽차(竹葉茶), 다아차(多芽茶), 백아차(白芽茶), 백차(白茶) 등의 종류로 구분한다. '대엽차'는 찻잎이 넓고 크기 때문에 붙여진 이름이며, 혜명차를 만드는 우량품종이다. 그 다음이 '다아차'인데 매 찻잎겨드랑이 사이에 잠복하다가 찻잎과 동시에 싹터 나온 찻싹을 가리킨다. 이 찻잎은 적당히 잘 배양하면 그 싹의 뾰족한 끝이 찻잎과 동시에 함께 자라난다. 약간 원형의 형태를 나타내며 잎은 두텁고 실하며 볼록하다. 찻잎이 부드러우면서도 강하여 혜명차를 가공하는 좋은 원료가 된다.

혜명차의 생잎은 갓 피어난 '일아이엽(一芽二葉)'을 표준으로 삼는다. 산에서 따온 찻잎은 그 크기와 길

파나마 만국박람회에서 수상한 금메달

이를 일정하게 규격화시키기 위해 체로 쳐서 걸러낸다. 가공 과정은 탄청(攤青)·살청(殺青)·유조(揉條)·휘과(煇鍋) 등의 4단계 공정절차로 나누어진다.

생잎은 약간 펼쳐 놓는 '탄방(攤放)'을 거치고 나서 곧 찻잎 시들기인 '살청(殺青)'을 진행한다. 살청은 솥 속에서 진행되며, 솥의 온도는 대략 200℃ 정도이다. 매번 살청을 할 때 솥에 투입하는 찻잎의 양은 약 0.5킬로그램이다. 그 이상을 과다하게 투입하게 되면 찻잎이 타기 쉬울 뿐만 아니라, 고르게 살청이 되지 않아 차향을 제대로 낼 수가 없다. 살청이 막바지에 이르러서는 점차적으로 솥의 온도를 낮추어 가며 한편으로는 솥 안에서 찻잎을 비비어 형태를 만들어가는 '유조(揉條)'를 진행하고 또 한편으로는 차를 덖으면서 흩뜨려 떨어내는 '포초(拋炒)'를 진행한다.

혜명차 건엽

찻잎의 가닥이 굽어

진 형태인 '만곡(彎曲)'의 형태를 막 갖추기 시작하면 곧바로 덖는 방법을 바꾸어 찻잎을 굴리어가며 덖는 '곤초(滾炒)'의 방법과 앞에서 거론한 '포초(拋炒)'방법을 함께 조화하여 병행하는 수법으로 차의 마지막 형태를 잡아간다. 이때 솥의 온도를 다시 약간 올려야 차의 조형과 차향을 북돋는데 유리하다. 마지막으로 끝 단계에서는 솥에서 찻잎이 빛날 정도로 건조시키는 '휘과(煇鍋)'를 진행하면 곧 혜명차가 완성된다.

혜명사 부근 지역은 차가 좋을 뿐만 아니라, 물도 좋기로 유명하다. 나무가 울창하고 숲이 무성한 적목산(赤木山)에는 샘물이 솟는 구멍이 매우 많아 큰 가물에도 물이 끊이지 않고 졸졸 흘러내려 온 산을 적셔주고 있다. 경녕현 산지(山地)에 사는 사족(畲族) 백성들은 모두 샘물 구멍에 죽순을 이용해서 조금씩 떠낸 샘

혜명사 전경(뒤로 차밭이 보인다.)

물을 모아서 집에 가져와서는 나무통에 저장한다. 이들이 사용하는 목통(木桶)은 산지에서 특별히 제작한 것으로 큰 나무를 통째로 일정한 길이로 베어내어 그 통나무 속을 파내어 만든 천연나무통이다. 오랫동안 물을 저장해두기 때문에 이들 나무통의 사방 벽에는 푸른 이끼가 가득하지만, 통속의 물은 더욱 맑아 자연의 특별한 풍미를 느끼게 한다.

혜명사 옆의 남천수(南泉水)는 적목산 일대의 맑은 샘 중에서도 최고를 자랑하는 샘물이다. 물맛이 좋고 시원할 뿐만 아니라 수질이 순정하고 온화하여 차를 우리기에는 최적합의 물이다.

그래서 현지에서는 "남천수(南泉水)로 우려낸 혜명차(惠明茶)는 첫잔은 담담하고, 둘째 잔은 상큼하게 맛이 좋고, 셋째 잔은 감미롭고 순후하며, 넷째 잔은 그 여운이 여전히 남아있다."는 말이 전하고 있다.

맛이 진하고 오래가며, 회감하는 맛이 상큼하고 순후하며 감미로우니, 이것이 바로 혜명차가 지닌 고아한 명차의 특색이라 할 것이다.

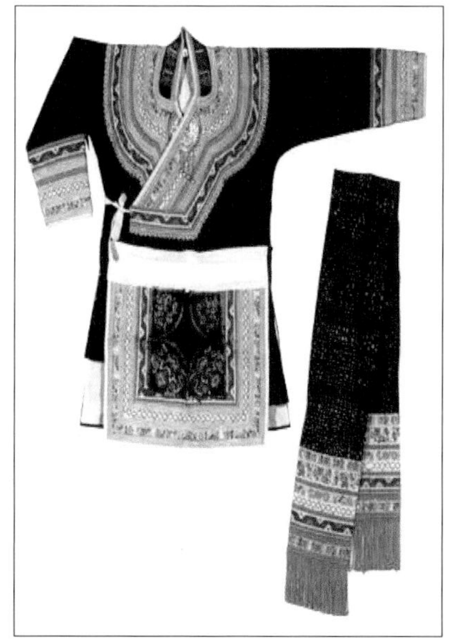

사족(畲族) 민속복장 우표

다선일미(茶禪一味)의 발원지
경산사(徑山寺)와 경산차(徑山茶)

(1) 항주 여항(余杭)의 경산사(徑山寺)와 다선일미의 연원(淵源)

차를 마시는 일은 참으로 즐겁기도 하거니와 바쁘거나 또는 지루한 일상생활 속에서의 유일한 탈출구이며 활력소가 되기도 한다. 이런 의미에서 필자에게서의 '차 생활'이란 이미 하루도 없어서는 안 될 생활필수품처럼 된 것 같다. 뿐만 아니라 나와 더불어 차를 마시는 여러 지인들의 생활 속에서도 어느덧 깊이 뿌리를 내리어 이제는 일상에서 결코 없어서는 안 될 기호품 내지는 취미생활로 정착한 모습을 자주 보곤 한다.

이렇듯 차를 즐겨 마시는 이나 혹은 음차생활에 심취한 나머지 아예 차학(茶學)의 연구에 몰두하는 이들, 더 나아가 정식으로 대학에서 다도를 전공하는 이들에 이르기까지, 늘 찻상을 마주하고 있노라면 편안하고 즐거운 마음 한구석에는 어느새 찻잔 속에 피어나는 수연(水煙)처럼 알 듯 모를 듯 묘한 화두처럼 우리의 뇌리 속을 맴도는 문구가 하나씩 있기 마련이다. 20여년의 음차생활은 각박한 현대 생활 속에서 피어나는 숱한 번민으로부터 나를 편안하고 즐겁게도 해주었지만, 또 한편으로는 나를 끊임없는 정신세계로 향하도록 매섭게 채찍질하는 화두가 하나 있었다. 그것은 바로 '다선일미(茶禪一味)'란 문구였다.

비록 불가(佛家)에서 비롯된 화두이긴 하나 필자 개인적인 견해로 볼 때, 기본적인 음차생활에서부터 다도생활에 이르기까지 다인이라면 한번

경산사 전경

쯤은 반드시 짚어보고 생각해 볼 필요가 있다고 여기고 있다. 많은 다인들이 '차 모임'을 갖거나 '차 문화행사'를 하거나 혹은 다도에 관한 연구 토론을 할 때면 심심찮게 자주 거론되었을 뿐만 아니라, 불가의 다실이 아님에도 불구하고 적지 않은 일반 다실에서도 '다선일미'라고 쓴 편액이나 족자가 걸려 있는 것을 아주 많이 보게 된다.

그러나 실제로 그 의미를 알고 걸어 놓거나 또 그 실체를 진정으로 깨닫고 걸어놓은 이들은 오히려 그리 많지 않을 것이다. 그렇다고 필자가 그 심오한 의미를 이해했거나 깨닫거나 한 것은 더더욱 아니다. 그 심오한 뜻이나 깨달음은 각자의 개인적인 근기(根器)에 따라 맡기도록 하고, 본 편에서는 경산사의 경산차를 소개하기에 앞서 먼저 '다선일미'의

일본의 다도를 소개한 책(중국)

연원(淵源)에 대해 간략하게 살펴볼까 한다.

우리나라에서의 일반적인 상식 속에서 자주 거론되는 '다선일미'는 대저 그 뿌리를 '일본다도'에서 자주 찾을 뿐만 아니라, 심지어는 마치 '일본다도'의 전유물인 것처럼 고정 관념화되어 있음을 쉽게 볼 수 있다. 물론, 차학(茶學)과 다도생활에 전문적으로 연구하거나 종사하고 활동하는 이들은 이러한 범주에서 제외되지만 말이다. 어쨌든 일반인들의 '다선일미'에 대해 잘못 인식하고 있는 이유는 아마도 일본이 동양 삼국(한·중·일) 중에서 '다선일미'란 문구를 가장 널리 선양하고, 또 즐겨 사용한 나라이기 때문일 것이다.

당대(唐代)고찰 항주 여항의 경산사(만수선사)

일반적으로 전문 다인들 사이에조차도 '다선일미'의 정신은 그 기원을 중국 송(宋)나라 때 경산사 주지로 있던 원오·극근(圓悟·克勤)스님으로 보지만, 그러나 사실 그 기원은 훨씬 더 거슬러 올라가 당나라 때로 볼 수 있다.

중국 최고의 명차 용정차의 고장인 항주는 '중국의 차도(茶都)'로 세상에 널리 알려져 있으나, '다선일미'의 본 고장인 여항(余杭)이 항주와 이웃하고 있다는 것을 아는 이는 별로 많지 않을 것이다.

'다선일미'의 정신을 일본에 직접적 영향을 준 발원지는 중국 절강성 항주시 여항(余杭)의 경산사(徑山寺)이다. 경산사의 '다선일미' 정신은 당나라 때의 고승이자 협산(夾山)의 개산 종조(開山宗祖)이며 협산사(夾山寺)의 주지로 있던 선회선사(善會禪師)로까지 거슬러 올라간다. 협

경산사의 '경산흥성, 만수선사' 비석

산은 현재, 중국 호남성(湖南省) 상덕시(常德市) 석문현(石文縣)에 위치하고 있다. 선회선사로부터 계속 이어져 내려오던 '다선일미'의 정신은 송(宋)나라 때에 이르자 협산사에서 선회선사의 '다선일미'의 법통을 이어 받은 원오·극근(圓悟·克勤)스님에 의해 더욱 크게 일어나게 된다.

원오·극근 선사는 20여 년간 협산사 주지로 있으면서 '차(茶)와 선(禪)의 관계'에만 몰두하여 마침내 '다선일미'의 참뜻을 깨닫고는 그 자리에서 일필휘지하여 '다선일미(茶禪一味)'라는 네 글자를 썼으며, 이로 인해 중국의 선풍(禪風)은 크게 일어나게 되었다. 이때 원오선사의 문하에 크게 촉망받는 제자가 두 명 있었는데 바로 대혜종고(大慧宗杲: 1089~1163)선사와 호구소륭(虎丘紹隆: 1077~1136)선사였다. 이 두 사람은 모두 어려서 출가하여 협산사에서 원오선사를 20여년이나 스승으로 모시며 정진하였다.

그 뒤, 남송(南宋) 소흥(紹興) 7년(1137) '종고(宗杲)'선사는 승상 장준(張浚)의 추천으로 황명(皇命)을 받들어 항주 여항의 경산사(徑山寺)의 주지가 되었으며 아울러 '다선일미'의 선풍을 크게 일으키게 된다. 종고선사가 경산사의 주지로 온 이듬해 여름에는 설법을 듣고자 참가하는 승속(僧俗)이 무려 1,700여명에 이르렀다. 이로 인해 수많은 승려와 신도들을 위한 각종의 다연(茶宴)이 베풀어지고, 이에 따라 『선원청규(禪院淸規)』를 바탕으로 한 각종의 사찰다례의 의식 등이 생겨나게 되었으며, 이로써 바로 그 유명한 '경산다연(徑山茶宴)'이 탄생하게 되었다. 이는 또 일본에도 아주 지대한 영향을 미치게 되는데, 남송말년 일본다도의 비조(鼻祖)격인 에이사이(榮西: 1141~1215)선사는 두 차례나 중국을 다녀갔다. 이때 원오선사가 지은 『벽암록』과 함께 원오선사가 친필로 쓴 '다선일미'의 묵적까지 함께 가지고 일본으로 돌아갔다. 뿐만 아니라 1191년에는 일본 최고의 '다경(茶經)'이라 할 수 있는 『끽다(喫茶)양생기』를 저술하여 중국의 선도(禪道)와 다도(茶道)를 일본에 널리 보급하고 전파하였다.

여항의 경산사(徑山寺)에서는 현재도 국내외 많은 다인들을 초청하여 '경산다연'을 재현하여 거행하고는 있으나, 모두 형식적이고 그 송나라 때의 경산다연의 실체를 찾기가 어려운 지경이다. 물론, 일본에서 경산다례의 실체를 찾을 수는 있겠으나, 그 또한 오랜 세월 속에 일본식으로 변했기 때문에 여항 경산사 본래의 다연을 재현하기란 그리 쉽지가 않을 것이다. 앞으로 더 많은 문헌과 사료의 발굴로 진정한 경산다연이 재현되길 기대해 본다.

그래도 해마마 일본의 많은 차문화답사단이 다선일미의 고장인 '경산사(徑山寺)'를 잊지 않고 찾는 이유는 아마도 일본 다인들의 다도생활을 통해 참된 자아를 찾기 위한 열정과 일본 다도의 최고경지로 일컬어지는 '다선일미'의 발원지를 몸소 친견하고 싶은 흠모의 마음과 존경심의 발로가 아닐까 생각한다.

(2) 경산차(徑山茶)의 재배환경과 제다과정

경산(徑山)은 역사적으로 볼 때, 이미 당송(唐宋)시대부터 중국 강남의 명승지였을 뿐만 아니라, 위에서 이미 언급한 바와 같이 중국 강남 제일의 선림(禪林)로서 다선일미(茶禪一味)의 본고장이요, 일본의 승려인 남포소명(南浦昭明)선사가 불학(佛學)과 함께 직접 경산다례를 배워가서 일본에 다도를 전파해 준 곳으로 매우 유명한 곳이기도 하다.

경산은 현재 절강성 여항(余杭)과 임안(臨安)이 교차하는 경계지역에 위치하고 있다. 경산(徑山)은 천목산(天目山)으로 가는 지름길에 위치하고 있는 산이라 하여 '지름길 경(徑)'자를 써서 경산이라 하였다. 경산은 동서(東西)로 나누는 두 갈래의 지름길이 있는데, 동경산은 여항을 통과하여 천목산에 이르는 길이고, 서경산은 임안을 경유하여 천목산으로 이어지는 길이다. 그래서 이 두 갈래 경로를 합칭하여 '쌍경(雙徑)'이라고도 한다.

'경산'하면 우뚝 솟은 다섯 봉우리가 유명한데, 능소(凌霄), 퇴주(堆珠), 붕박(鵬博), 안좌(晏坐), 어애(御愛) 등이 그것이며 이를 '경산 오대봉(五大峰)'이라 부른다. 차나무는 대부분 이 다섯 봉우리를 중심으로 한 봉우리와 계곡 사이의 산자락에 많이 분포하고 있다. 이곳은 산봉우리들이 주변을 에워싸고 있어 늘 운

경산의 울창한 대나무 숲 전경

무(雲霧)가 자욱하게 덮여있다. 산 전체가 거의 대나무 숲으로 뒤덮혀 있어, 또한 숲이 울창하여 일조량이 짧으며, 주야로 일교차가 심하다. 차의 발상지로 이미 언급했던 사천성 몽정산(蒙頂山)의 기후와도 매우 흡사한데, 대개 이러한 기후조건은 차를 재배하기에 적합할 뿐만 아니라 차가 자생(自生)하기에도 매우 알맞은 기후조건이라 할 수 있겠다.

근거에 의하면, 경산(徑山)의 연간 일조량이 1,800시간도 안되며 연간 강우량은 1600~1800mm이다. 뿐만 아니라, 토양이 비옥하며, 유기질 함량이 2~4%이며 토층이 깊고 두터워 지층표면이 24~40센티미터이기 때문에 자연히 여기서 재배된 차의 싹과 잎이 함유하고 있는 유효 성분함량은 매우 높은 편이다. 아미노산(amino acid)의 함량이 4760mg %에 달하며, 특히 '차(茶)아미노산'은 1751mg %를 함유하고 있어 항주의 초청(炒靑)차의 함량보다 무려 배나 가까이 높아 경

경산차 건엽

산차는 차의 품질 면이나 생리적 효능에 있어서 매우 높은 완성도를 보이고 있다. '차 아미노산(茶氨酸)'은 찻잎의 특정 아미노산으로서 각종 연구 발표에 의하면, 찻잎의 품질에 매우 큰 영향을 줄 뿐만 아니라, 대뇌의 공능과 신경의 성장, 항종양과 혈압강하에 대해 매우 효능이 있는 것으로 보고되고 있다.

찻잎을 따는 채적 시기나 방법을 살펴보면, 경산차는 부드러운 연한 잎을 일찍 따는 것이 특징이다. 그래서 경산차는 곡우(穀雨) 전에 따는 것을 최고로 친다. 이는 우리나라에서 곡우 전에 따는 것을 '우전(雨前)'이라 하여 최고로 치는 것과 완전히 같다고 할 수 있다. 따는 찻잎은 '일아일엽(一芽一葉)' 혹은 '일아이엽초전(一芽二葉初展)'을 표준으로 삼고 있다. 통상 특1호의 경산차 1근을 만드는데 대략 6만

경산차 엽저

2천여 개 정도의 찻잎이 들어간다고 한다. — 앞에서 이미 여러 번 설명하였지만, '일아일엽(一芽一葉)'은 차나무의 맨 끝에 뾰족하게 솟아오른 싹 하나와 그 밑에 달린 작은잎을 말하며 별칭으로 '일창일기(一槍一旗)'라고도 한다.

일아이엽초전(一芽二葉初展)은 싹 밑에서 막 잎으로 펼쳐지기 시작하는 두 개의 어린 찻잎을 뜻하며, 별칭으로 '일창이기(一槍二旗)'라고도 부른다. 명칭에 대해 좀 더 부연 설명하자면, '일창(一槍)'이란 한 개의 뾰족한 창끝이란 뜻이고, '일기(一旗)'란 하나의 깃발, '이기(二旗)'란 두 개의 깃발이 달려 있다는 의미이다. 창끝같이 뾰족한 찻싹 아래 찻잎이 하나 혹은 둘이 달려 있는 모습이 마치 창끝에 깃발이 달려 있는 것과 비슷하여 생겨난 말이다.

경산 만수선사 뒷산의 경산차 차밭

제다(製茶) 면에서 살펴보면, 경산차는 '홍청(烘靑) 녹차(綠茶)'에 속한다. 즉, 덖음 녹차에 속한다. 일반 덖음차의 공정과정과 다를 바 없는 솥에 '덖음(볶는 과정)'과 '약한 불(文火)에 쬐여 건조하는 홍건(烘乾)과정'을 주요 공정과정으로 삼아 만드는 녹차이다.

강남(江南) 제일의 선림(禪林)의 본고장이자, 절강성(浙江省)의 전통차로서 유구한 역사를 지닌 '경산차'는 일명 '경산향명(徑山香茗)'이라고도 한다. 완제(完製)된 경산차는 찻잎의 가닥이 섬세하면서도 싹이 가늘고 예쁘다. 싹의 끝이 두드러지게 잘 드러나 있으며, 색깔은 고운 비취색을 띤다. 향기는 맑고 그윽하며, 맛은 산뜻하고 순하다. 차탕(茶湯)의 색깔은 연녹색이며 옥처럼 밝게 드러내어 마시는 이로 하여금 마치 곱고 품위 있는 여인네를 대하는 듯 묘한 느낌을 연상

경산 만수선사 뒷산 차밭의 찻잎

케 한다. 엽저(葉底)를 살펴보면, 생잎처럼 부드럽고 가지런하여 차를 마시고 난 후에도 기분을 상쾌하게 하여 좋은 차에 대한 여운을 남긴다.

근거에 의하면, 경산차는 1978년 찻잎의 생산이 회복되었고, 성(省)과 시(市) 단위에서 개최된 명차 품평회에서 연속 3회 1등의 영예를 차지하였다. 현재는 이미 어느 정도 규모를 회복하여 명차(名茶)생산기지로서의 면모를 갖추게 됨에 따라 연생산량이 1,000근 정도에 달한다고 한다.

천하제일의 명차로 꼽히는 용정차가 생산되는 항주에서 아주 가까운 지척의 거리에 있는 경산에서는 이미 오래 전에 경산차와 더불어 원오·극근(圓悟·克勤)스님에 의해 다선일미의 원류인 경산다례(徑山茶禮)가 생겨났다. 일반적으로 '다선일미'라 하면 모두 의례히 조주(趙州)선사의 '끽다거(喫茶去)'에서 그 원류를 찾고 있다. 실제로 조주선사의 '끽다거'에서는 '다선일미'의 개념과는 좀 거리가 있고, 또 설사 그 의미를 내포하더라도 매우 추상적이고 모호하게 전해지고 있다. 그 반면에, 당(唐)나라 협산(夾山)의 개산 종조(開山宗祖)였던 선회선사(善會禪師)로부터 '다선일미'의 법통을 이어받아 선풍(禪風)을 크게 일으키고, 다선일미의 정신을 친필 휘호와 함께 일본에까지 전파한 송(宋)나라 때의 원오·극근 스님의 '다선일미'는 그 강령이나 의례에 있어서 사부대중이 함께 참여할 수 있는 매우 구체적이고 현실적 다연(茶宴)이었고, 수행자들에게 있어서도 매우 구체적인 실천 강령이었다. 수많은 일본인들이 경산사를 '다선일미'의 본고장으로 매년 줄을 이어 찾는 것도 아마 이러한 이유에서 일 것이다.

중국 불교 사대(四大) 명산(名山)
보타산(普陀山)의 '보타불차(普陀佛茶)'

'부처의 나라(佛國)'로 불리어지는 보타산(普陀山)은 세계 유네스코가 지정한 중국 불교의 4대 명산 중의 하나로 유일한 해상(海上) 불교성지(佛教聖地)이며, 빼어난 풍경과 불교문화가 하나로 융합되어 있어 예부터 '해천불국(海天佛國)'으로 불리어지며 대내외에 그 명성이 자자한 곳이다.

'해천불국'이 새겨진 바위

『보타산지(普陀山志)』에 의하면, 오대(五代) 후양(後粱: 서기 916년) 때에 일본 고승 혜악(慧鍔)이 오대산에서 관음불상을 모셔와 이곳에 공봉(供奉)하면서부터 보타산의 불교도량의 역사는 시작되었다. 남송(南宋) 소흥(紹興) 원년(1131)에 보타산의 모든 불교는 선종(禪宗)으로 귀결되었으며, 명나라 가정(嘉靖) 7년(1219)에 이르러 보타산은 관음보살을 주불로 모시는 불교 성지가 되었다. 오대(五代) 이래로 계속해서 수많은 사원과 암자 등을 흥건하여 승려의 수만 해도 무려 4,100여명에 달한다고 한다. 그 중에서도 보제사(普濟寺), 법우사(法雨寺), 혜제삼대사 등은 그 규모가 웅장할 뿐만 아니라 건축사적인 측면에 있어서 중국 청대(淸代)의 전형적인 건축 양식을 자랑하고 있다.

보타산 보제선사(普濟禪寺)

천백여 년이란 긴 세월을 거치면서 보타산은 마침내 웅장한 사원과 신심 깊은 불자들의 참배행렬이 끊이지 않는 세계적인 불교성지가 되었다. 당나라 때부터 일본

불자들이 끊이지 않고 찾은 것은 물론이고, 명대에 이르러서는 우리나라(조선)와 인도 미얀마, 월남 라오스, 인도네시아 등의 수많은 불자와 관광객 등이 앞을 다퉈 이곳을 찾아 관음께 참배하고 명승지를 유람하게 되자 보타산은 더욱 유명하게 되었다.

그 밖에도 이곳은 풍경이 빼어나고 불교 유적지로 유명한 천보사(千步沙)·조음동(潮音洞)·남천문(南天門)·범음동(梵音洞)·범음동(梵音洞)·조양동(朝陽洞)·반타석(磐陀石)·이귀청법석(二龜聽法石)·백보사(百步沙)·보제사(普濟寺)·법우사(法雨寺)·혜제사(慧济寺)·남해관음(南海观音)·대승암(大乘庵)·서천문(西天門) 등 20여 곳이 있으며, 뿐만 아니라 이 일대의 그윽한 동굴과 기암, 수시로 변화는 해경 등은 역대 피서(避暑) 유람지로도 그 명성이 자자하다.

보타산 남해관세음보살상

절강성의 보타산은 남

해관음(南海觀音)의 도량으로 유명하며 전당강(錢塘江) 포구와 주산(舟山)군도 동남해역에 위치하고 있다. 전체 유람구(遊覽區)는 보타산·낙가산(洛迦山)·주가첨(朱家尖)을 포함하여 총면적이 평방 41.95 평방킬로미터이며, 그중 보타산 본섬의 면적만 12.5평방킬로미터이며, 보타산의 최고봉인 불정산(佛頂山)의 높이는 해발 292미터이다.

"보타산(普陀山)에 올라 불정산을 오르지 않으면 보타산을 다녀갔다고 말할 수 없다."고 한다. '보타불차(普陀佛茶)'는 바로 보타산의 주봉(主峰)인 불정산에서 생산되는 차이다. 이곳은 숲이 무성할 뿐만 아니라 사방이 운무로 둘러싸여 있고, 강수량이 풍부하여 공기가 습윤(濕潤)하고 토양이 비옥하여 차가 생장하기에 아주 적합한 천연적인 환경 조

보타산 법우사(法雨寺)

건을 갖춘 곳이다. 보타불차의 차나무는 주로 산봉우리의 양지바른 곳과 바람을 피할 수 있는 산의 평지에 분포하고 있다. 문헌에 의하면, 보타불차가 이곳에서 생장하기 시작한 것은 1,000여 년 전인 당나라 때부터라고 전하고 있다.

보타불차에 대한 고대의 몇 가지 문헌적 기록에 의하면 보타산의 불차(佛茶)는 처음 승려의 손에 의해 사원을 중심으로 재배되었다. 그리고 그 생산량은 일 년에 겨우 5근 내지 6근 정도에 불과할 정도로 그리 많지가 않아 사찰을 찾는 불자들에게 차를 대접하거나 조금씩 나누어주고 나면 승려들 자신들이 마실 차(茶)조차도 부족했다. 또한 명(明)나라 이일화(李日華)가 지은 『자도헌잡철(紫桃軒雜綴)』과 절강통지(浙江通志)』에서 인용한 『정해현지(定海縣志)』에 의하면, "보타불차를 마시면 폐질환과 악성종양

보타불차 선엽(鮮葉)

및 이질 등을 능히 치료할 수 있다."고 하였다.

불교성지인 보타산을 찾는 불자들에게 보타불차를 대접하기 시작한 것은 청나라 강희제와 옹정제 무렵 보타산 섬까지 배를 개통하면서부터였다. 배가 개통되어 교통이 편리해지자 점차 불교 관음성지인 보타산을 찾는 승려들과 신도들이 갈수록 증가하게 되었다. 이에 보타산의 불사(佛事)가 흥왕하게 되고, 따라서 보타산의 차 또한 생산량의 증대가 필연적이었다.

보타산 토지는 과거에 대부분이 사찰이나 암자에서 소유하였으며, 차 생산에 종사하는 이들 또한 대부분이 승려들이었다. 그들은 대부분 사원 주변의 토지를 이용하여 자신들이 소비할 소량의 차나무만을 재배하였다. 이곳에서 차를 재배·채다하고 제다

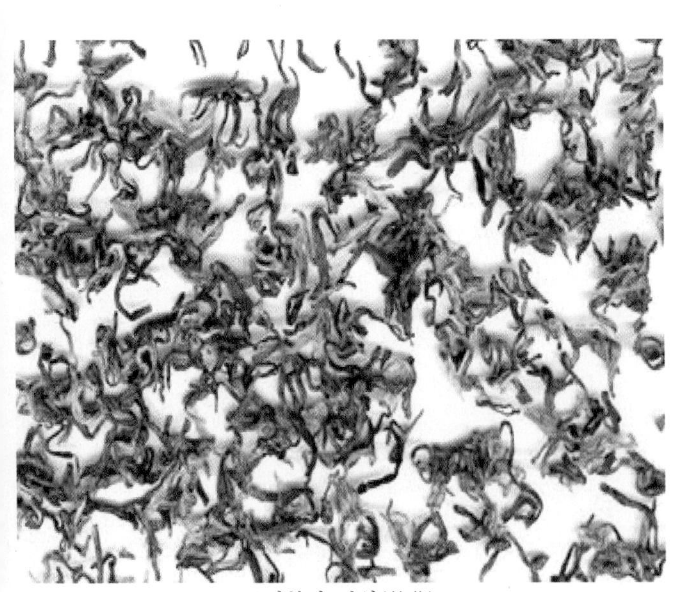

보타불차 건엽(乾葉)

하는 방식은 중국의 기타 사찰에서 생산하는 방식과 대동소이하였다. 그러나 이곳은 찻잎을 따는 과정에 있어 좀 특이한 현상을 보이고 있다. 신선한 잎(鮮葉)은 따되, 막 싹트는 어린잎(幼嫩 또는 嫩葉)은 따지 않았다. 왜냐하면, 어린잎은 차 맛을 제대로 낼 수 없다고 여겼기 때문이며, 늙은 잎(老葉)을 따지 않았던 것은 차맛의 신선도가 선엽에 비해 못하다고 생각했기 때문이라고 한다.

그러나 근래에 와서 그 제다 방식에 있어 많은 변화가 생겼다. 매년 청명절 전후 3, 4일을 시작으로 찻잎을 따서 차를 만들고 있는데, 과거와는 달리 신선한 찻잎의 기준이 약간 변하여, 어린잎이 포함된 일아일엽(一芽一葉)에서부터 막 잎이 펴지기 시작한 초전(初展)의 일아이엽(一芽二葉)까지 따서 모두 차를 만든다. 보타불차의 제다 공정은 찻잎 펼쳐 놓기

보타산 반타석(磐陀石)

보타산 암벽에 그려진 관음상

보타산 해상 전경

에서부터 덕음(볶기)·찻잎 비비기·둥글게 비비기·건조 등의 과정으로 대략 공정과 법제에 있어 동정(洞庭) 벽라춘(碧螺春)과 비슷하며, 완성된 품질과 맛 또한 벽라춘과 아주 흡사하다. 보타산 매복암(梅福庵)에 있는 영우동(靈佑洞)이란 동굴 속에는 불상(佛像) 아래에서 흘러나오는 청정한 샘물이 하나 있는데, 이 샘물로 보타불차를 우려마시면 차 빛이 녹색 빛 중에 황색 빛을 띤다고 한다.

둔녹(屯綠)의 전신
노죽대방차(老竹大方茶)

(1) 대방차(大方茶)의 명칭 유래에 대하여

노죽대방(老竹大方)은 우리나라에서는 별로 알려지지 않은 중국의 명차이지만 그 반면에 그 계보가 문헌적으로도 아주 복잡할 뿐 아니라 자주 거론되는 몇몇 명차 또한 노죽대방차를 창제한 승려 '대방(大方)'에 근원하고 있기 때문에 중국 제다사(製茶史)에 있어서도 매우 중요한 위치를 차지하고 있다.

여러 문헌을 종합하여 보면, "대방차는 명대(明代)에 창제되었으며 청대(淸代)에 이미 공차(貢茶)의 반열에 들었다."고 한다. 노죽대방의 생산지인 안휘성 흡현(歙縣)의 지방역사를 기록한 『흡현지(歙縣志)』에 의하면, 명나라 융경(隆慶: 1567~ 1572년) 연간에 안휘성 휴녕(休寧) 송라(松蘿)산에 머물고 있던 승려 '대방'이

차를 만들었는데, 그 제다법이 매우 정교하여 그 일대 군읍(郡邑)에서 모두 그를 따라 차 만드는 법을 배웠다고 한다. 그러나 그때는 겨우 흡현 서북쪽 일대의 산과 성(城) 동쪽의 태함산(太涵山) 일대에서만 차를 생산을 하였다. 청나라 말엽에 이르러 국외로 수출하게 되면서 광범위하게 차를 심고 재배하여 모봉(毛峰)·대방(大方)·홍청(烘青) 등의 품목으로 확대 생산하게 되었다 한다.

전설에 의하면 비구승인 대방(大方)이 흡현 노죽령(老竹岭)에서 대방차를 창제하였다 하여 '노죽대방차'라 부르게 되었다고 한다. 이 전설은 『흡현지·식화(食貨)』의 기록을 근거로 한 것인데, 거의 대부분의 문헌에서 이 전설이 지배적으로 나타나고 있다. 그러나 어떤 문헌에 의하면 이와는 좀 다른 전설이 몇 몇 더 전해져 오고 있어 함께 살펴보기로 하자.

노죽대방차 차밭(안휘성 흡현)

명나라 융경(隆慶: 1567~1572년) 연간에 휴녕 송라산에 석판암(石板庵)이라는 작은 암자에 살고 있던 대방이라는 승려가 있었다. 대방은 암자 주변에 차를 몇 그루 심어놓고 손수 차를 만들어 암자를 방문하는 선남선녀 불자들에게 대접하였는데, 차를 마신 사람들이 모두 극찬을 하였다. 대방은 이 차를 '소차(素茶)'라 이름하였다. 차를 볶을 때 솥에 식용유(素油) 몇 방울을 떨어뜨려 볶아 찻잎에 취록(翠綠)색이 빛나게 하였는데, 대방 자신이 그냥 멋대로 붙인 이름이라 하였지만, 그러나 이 이름에는 승려의 검소(儉素)함과 청심소양(淸心素養)의 깊은 뜻이 배어 있는 이름이다.

하루는 암자를 자주 찾아 대방의 잡일을 도와주는 '아택(阿澤)'이라는 나무꾼이 땔감을 시장에 내다 팔고 식량을 좀 사서 대방에게 가져다주었다.

안휘성 흡현 휘주성문

이에 대방은 그 보답으로 '아택'의 어머니께 선물할 차를 한 봉지 건네주고, 또 한 봉지를 꺼내어 구화산(九華山) 주지로 있는 자신의 사형(師兄)에게 선물할 것을 부탁하였다.

'아택'으로부터 대방의 차를 전해 받은 구화산의 주지는 "현제(賢弟)가 새 차를 보냈구나." 하고 흐뭇해하였다. 그때 마침 황제가 구화산을 방문하자 주지는 대방이 만든 차를 우려 황제께 대접하였다. 황제는 그 차 맛에 감탄하고 주지에게 "이 차는 무슨 차요?"하고 묻자, 이에 주지가 "이 차는 저의 사제(師弟)인 대방이 만든 소차(素茶)입니다."라고 대답하자, 황제를 비롯해 함께 온 여러 대신들이 이구동성으로 "정말 좋은 차입니다."라고 극찬하였다.

황제는 서울로 돌아오자마자 곧 대방이 살고 있는 휴녕 팔도원리(八都源里) 노죽포(老竹浦)에 관리를 파견하여 그 일대에 넓은 농토와 많은 양의 은(銀)을 하

불교 성지 구화산 천태사

사하였다. 그리고 또 '어차(御茶)'라고 쓴 친필 휘호를 대방에게 하사하고 차밭을 일구도록 하고 매년 공차로 황제께 바치도록 하였다. 아울러 농민들에게도 차의 재배 기술을 가르치도록 하였다. 이렇게 한낱 시골의 소박하던 '소차(素茶)'가 황제의 전용 음료인 '어차(御茶)'가 되어 그 명성이 하늘을 찌르게 되자 팔도원리(八都源里)는 갈수록 부유하게 되었으며 사람들은 대방스님의 은공을 기리기 위해 소차를 '대방차'라 부르게 되었으며, 노죽포(老竹浦)에서 차가 생산된다고 하여 '노죽대방(老竹大方)' 또는 '노죽포대방'이라고도 부르게 되었다. 같은 문헌인 『흡현·식화지』에 보이는 또 다른 기록이 있는데, '대방차'는 한남(旱南) 대방산(大方山)에서 그 명칭이 유래되었다고도 한다.

그 외, 위 전설과 거의 비슷하지만 연도와 내용이 약간 다른 전설이 또 하나 있다. 호평(胡坪)의 『도호구갱차(島湖鳩坑茶)』에 의하면, 일천여 년 전에 팔도원리(八都源里) 석판암에 어떤 노승이 살고 있었다고 한다. 그러나 이 전설에 의하면 석판암에 기거하던 노승의 이름이 대방이라고는 전하지 않고 있다. 석판암의 노승이 자신의 사형인 구화산 주지에게 차를 선물하였는데, 때마침 황제가 여러 신하들을 대동하고 구화산에 예불하러 왔다가 구화산 주지가 대접해 준 석판암 노승이 만든 '소차(素茶)'를 마셔보고는 극찬하였다고 한다. 황제가 "이것은 무슨 차요?"라고 묻자 "석판암에 있는 사제(師弟)가 직접 만든 차인데, '소차'라고 합니다."하자 황제와 신하들은 모두 "정말 좋은 차입니다."라고 극찬하였다. 그러나 한편 좋은 차 맛에 비해 차의 이름이 너무 촌스럽다고 생각한 황제는 잠시 곰곰이 생각하다가 말하기를 "이 차는 방장스님의 사제인 석판암의 노승께서 자신의 사형(師兄)이 되시는 구화산의 대방장(大方丈)께 보낸 차이니 이 차 이름을 '대방차(大方茶)'라고 부릅시다."라고 하여 '대방차'의 명칭이 유래되었다는 설이 있다.

(2) 대방차(大方茶)의 생산과 제다(製茶)

위에서 언급했듯이 노죽대방차(老竹大方茶)는 명나라 때에 안휘성 휴녕의 송몽산에 기거하던 대방이라는 승려에 의해 창제되었고, 청나라에 이르러서는 공차(貢茶)의 반열에 오르게 되면서 세상에 널리 알려지게 된 중국의 명차(名茶)로서 이미 400여 년의 유구한 역사를 지니고 있다.

노죽대방은 안휘성 흡현(歙縣) 동북부 방향, 즉 절강성과 경계를 이루는 지점인 안휘성 내의 욱령관(昱岭關)부근에서 생산되고 있다. 더 쉽게 설명하자면 그 유명한 황산(黃山)의 동북부 방향에 위치하고 있는 셈이다.

황산에는 그 유명한 황산 '모봉(毛峰)'외에도 기타 여러 각종의 차가 생산되고 그 명칭도 여러 종류로 구분되지만, 어떤 이들은 황산 일대와 그 지역 주변에 생산되는 모든 차를 광범위하게 '황산차'라고 지칭하여 소개하거나, 또한 '안휘차문화' 또는 '황산차문화'의 범주에 포함시켜 중국의 역사와 지리에 밝지 않은 외국인들이 중국차와 차문화를 이해하는 데 약간 혼란을 가중하기도 한다.

대방차 건엽

그 생산지역을 더 상세히 살펴보면, 노죽포(老竹浦)·삼양갱

(三陽坑)·금천(金川) 등의 지역에서 주로 집중 생산되고 있으며, 흡현과 인접하고 있는 절강성 임안(臨安)에서도 소량이 생산되기도 하지만 그래도 역시 노죽령(老竹岭)과 복천산(福泉山)에서 생산되는 '정곡대방(頂谷大方)'을 최고로 친다.

위에서 거론한 '노죽대방'의 생산지 관할 구역은 천목산맥(天目山脈)에 속해 있어 대체로 높은 산이 많은데, 북쪽의 청량봉(淸凉峰)은 무려 해발이 1,787미터이다. 대방차가 직접 생산되는 지역은 높은 산들이 첩첩히 에워싸고 있다. 푸른 산봉우리마다 구름이 걸려있고, 높은 언덕과 낭떠러지가 사방에 펼쳐져 있으며 골짜기마다 맑은 시냇물이 끊임없이 흘러내리고 있어 천연적인 명차생산지의 조건을 두루 갖추고 있다. 대방차는 바로 이 높은 낭떠러지 바위틈 사이와 시냇물이 쉼 없이 흘러내리는 산간 계곡

대방차 엽저

사이에 많이 분포되어 자라고 있다.

이곳의 연평균 온도는 16℃ 좌우, 연강수량은 1,800밀리리터로서 기후가 온화하고 토양이 비옥하며, 유기질이 풍부하여 차나무가 성장하기에 매우 적합한 생태조건을 갖추고 있다. 뿐만 아니라, 해발 1,300미터 지점에는 노죽령두(老竹岭頭), 석갱애상(石坑崖上), 취병산(翠屛山), 황평우(黃平圩), 복천산(福泉山), 노인암(老人岩), 선인봉(仙人峰), 압자당(鴨子塘) 등의 명승지가 산재해 있어 사람의 발길을 멈추어 가게 한다.

대방차 중에서도 최고로 친다는 '정곡대방(頂谷大方)'은 반드시 곡우(穀雨) 전에 차나무 맨 위에 창끝처럼 뾰족하게 막 터 오른 싹과 그 아래에서 싹에서 두 갈래의 찻잎으로 막 펼쳐지려고 하는 싹과 잎의 중간 정도의 어린찻잎인 '일아이엽초전(一芽二葉初展)'을 표준으로 찻잎을 따게 되며, 일반대방은 곡우에서 입하(立夏) 사이에서 일아이엽(一芽二葉), 혹은 일아삼엽(一芽三葉)을 기준으로 채취가 이루어지며, 채취된 신선한 찻잎들은 가공에 들어가기 전에 먼저 찻잎 골라내기와 펼쳐놓기가 진행된다. 대방차는 덖음차(볶은 차)로서 그 공정

단계가 살청(殺青), 유념(揉捻), 주배(做坯), 고편(拷扁), 휘과(煇鍋) 등의 다섯 단계로 나누어 진행된다.

살청(殺青)은 솥에서 차를 살짝 볶아 찻잎의 수분을 제거하는 과정으로 덖음 녹차 만들기의 일반 초청(炒青)과정과 같다. 솥에 투입하는 찻잎의 양은 1근 정도로 살청할 때에 약간 부드럽게 해야 한다.

유념(揉捻)은 '찻잎 비비기'로써 예전엔 직접 손을 사용하여 진행했으나, 현재에는 대부분 소형 유념기(揉捻機)를 사용하여 시간을 비교적 단축시킴은 물론 손으로 비비는 것에 비해 찻잎에 가하는 압력이 약간 가볍고 찻잎 가닥의 초벌형성이 고르게 곧게 이루지는 편리함이 있다.

정곡(頂谷) 대방차

주배(做坯)의 과정은 쉽게 설명하자면 반제품(半製品)을 만드는 과정이다. 120~140℃의 솥에 1근 반~2근 정도의 찻잎을 넣고 볶게 되는데,

찻잎이 솥에서 엉키지 않도록 양손을 이용해 신속하게 뒤집어가며 흩트려서 찻잎의 수분을 제거해야 한다. 찻잎이 손에 붙지 않을 정도로 볶아지면 솥 안쪽 가장자리로 식용유나 콩기름을 둘러 솥이 매끄럽도록 한다. 그리고 양손을 솥 안쪽 벽을 따라 찻잎을 두드려 가며 곧고 납작한 편형(扁形)의 형태를 잡아간다. 찻잎의 수분이 제거되고 기본형태가 잡히면 솥에서 꺼내어 펼쳐놓는다. 펼쳐놓은 찻잎이 다시 부드러워지면 그때 다시 납작하게 눌러 찻잎의 형태를 잡는다.

고편(拷扁)의 단계는 솥에 기름을 두르고 찻잎을 볶는 과정에서 찻잎을 양손으로 가볍게 눌러 납작하게 형태를 잡는 과정이다. 90~100℃의 솥에 약 1근 정도의 찻잎을 넣고 볶는데, 볶기 전에 먼저 솥에 기름을 두르고 찻잎을 넣는다. 그리고 손바닥을 곧게 펴서 찻잎을 솥 안쪽 벽 위아래로 흩뜨려가며 살짝 살짝 눌러주면 찻잎은 점점 곧고 납작한 형태의 모양으로 변해간다. 수분이 완전히 제거되고 형태가 마치 부추처럼 곧고 납작하게 형성되면 솥에서 꺼내어 다시 펼쳐놓는다.

휘과(煇鍋)과정에서 차를 덖는 방법은 기본

적으로 고편(拷扁)의 단계와 같다. 단지 다른 점은 덖는 동작을 좀 가볍게 해야 한다는 것이다. 이 과정은 거의 완제된 찻잎 표면의 광택을 촉진시킴과 동시에 찻잎이 부서지는 것을 방지하기 위한 과정이다. 찻잎의 함수량이 약 5%정도 감소할 때 솥에서 꺼내어 냉각시켰다가 바로 차통에 넣어 밀봉시키면 모든 과정이 끝나게 된다.

대방차는 생산구역 범위는 그리 넓지 않은 반면 생산량은 꽤 많은 편이다. 그중에서 최고의 대방차로 치는 '정곡대방' 같은 경우는 근래에 와서 생산이 회복된 최고의 명차(名茶)이다. 앞에서 거론한 제다 공정과정에서 보듯이 대방차의 특징은 용정차(龍井茶)처럼 외형이 납작하다. 또 광택이 매끄럽고, 연하게 황색을 띤 취록(翠綠)색을 띠고 있다. 색깔이 그윽하면서도 황금빛 솜털로 가득 덮여있다. 탕색은 청초하면서 미황색을 띠며, 향기가 아주 오래간다. 맛이 순후하여 마시면 입안이 상쾌해진다. 다 우려낸 찻잎(엽저)을 다관에서 꺼내어 살펴보면 고르게 부드럽고 싹잎이 포동포동하다.

일반적으로 보통 대방차의 색깔은 짙은 녹갈색에 윤택이 흘러 마치 쇠를 녹여 만든 것 같아 '철색(鐵色)대방'이라 부르기도 하고, 또 완제된 찻잎의 형태가 흡사 대나무 잎처럼 생겼다 하여 '죽엽(竹葉)대방'이라고 부르기도 한다. 대방의 품질은 정곡대방과 보통대방으로 나누어지며 더 세분화하게 되면 6급 12등으로 나누어진다.

그 외에도 대방차에는 꽃잎으로 훈제한 '화(花)대방'이 있는데, 주로 '주란(珠蘭)대방', '말리(茉莉)대방' 등이 그것이다. 대방차는 자연품질이 좋아 향기나 냄새의 흡착력이 아주 강해 꽃으로 훈제한 '화대방'도 꽤나 특색이 있다. 이와 반대로 꽃으로 훈제하지 않은 순수한 원래의 대방차를 가리켜 '소(素)대방'이라고도 하는데, 근래 들어와 일본 의약계에서는 대방차가 다이어트와 건강·미용 등에 효과가 있다 하여 속칭 '건강미용차(健美茶)'로 사람들에게 많은 인기를 얻고 있다.

정곡대방차 포장상품

십대(十代)명차
황산모봉(黃山毛峰)

(1) 모봉의 전신(前身) '운무차(雲霧茶)'와 창시자 사정화(謝靜和)

명대(明代)의 유명한 지리학자요, 여행가이며 문학가이기도 했던 서하객(徐霞客)은 "오악(五岳)을 돌아보고는 다른 산들이 산으로 보이지 않았는데, 황산을 보고나서 오악이 산으로 보이지 않는다." 라고 극찬하였다. 그야말로 중국 최고의 명산인 황산의 절경을 절묘하게 한 마디로 함축해 놓은 말이다. 서하객(徐霞客,

황산의 영객송(迎客松)-(사진: 中國 杭州 張哲洪)

1586~1641)의 이름은 홍조(弘祖), 자(字)는 진지(振之), 호(号)가 하객(霞客)이며, 강소성 강음(江陰) 사람이다. 명대 지리학자, 여행가, 문학가이다. 저술로는 30년 동안 천하를 답사하여 고찰한 것을 60만자로 저술한 『서하유기(徐霞客遊記)』가 있다.

명나라의 허차서(許次紓)는 『다소(茶疏)』에서 "천하의 명산(名山)에는 반드시 영초(靈草)가 난다."고 했다. 여기서 영초란 영험한 풀, 즉 차(茶)를 의미한다. 중국에서도 절경이 가장 빼어나기로 유명한 황산이야 더 말할 나위도 없을 것이다. 실제로 황산은 산수가 빼어난 만큼 그 산을 둘러싼 주변에 휘주(徽州: 안휘성)의 명차들이 집중적으로 생산되고 있는 지역이다. 둔녹차(屯綠茶), 태평후괴(太平猴魁), 기문홍차(祁門紅茶), 노죽대방(老竹大方), 황산모봉(黃山毛峰) 등이 그러하다. 뿐만 아니라 중국의 차문화를 대표하는

서하객(徐霞客) 초상

고대의 '휘주 차문화'가 그대로 잘 보존·계승·발전된 곳이기 때문에 차문화를 연구하는 다인들에게 중국 고대 차문화의 표본을 제시하기도 한다.

안휘성의 역사를 기록한 『휘주부지(徽州府志)』에 의하면, 황산에서 차가 본격적으로 생산되기 시작한 것은 송나라 인종 가우(嘉佑: 1056~1063년) 연간이며, 명나라 목종 융경(隆慶: 1567~1572년) 연간에 이르러 차업(茶業)이 흥성하기 시작했다. 즉 황산의 차 생산은 이미 천 년의 유구한 역사를 가지고 있으며, 명대에 이르러 비로소 황산차가 대내외적으로 유명해지게 된 것임을 짐작할 수 있을 것이다. 그러나 이때까지만 해도 '황산모봉'이란 이름은 전혀 찾아 볼 수가 없고, 청대 말기(약 1875년) 이전의 모든 문헌 기록에는 '운무차(雲霧茶)'란 이름만이 황산차를 대표하고 있었을 뿐이다.

기문홍차(약칭, '기홍')

청대 강징운(江澄

云)의 『소호편록(素壺便錄)』에서는 "황산에는 운무차가 있는데, 아주 높은 산꼭대기에서 생산한다."라고 하였고, 또 『황산지(黃山志)』와 명나라 허초(許楚)의 『황산유기(黃山遊記)』에는 "연화암(蓮花庵)부근 바위틈사이에서 차가 자라는데, 향이 아주 은은하며, 고요한 운치가 사람들의 군침을 자극하는데, 이것을 '황산운무'라 한다. … 운무차는 산승(山僧)들이 바위틈새의 적은 흙 사이에서 재배한다."고 기록하고 있다. 이상의 문헌적 기록을 통해 황산운무가 불교 사찰을 중심으로 승려들에 의해 처음 재배되었음은 물론 황산모봉의 전신임을 미루어 짐작할 수 있겠다. 그래서 현지에서는 '황산모봉'을 일명 '황산운무'라고도 부른다.

태평후괴(太平猴魁)-건엽

『휘주상회자료(徽州商會資料)』에 의하면, "황산모봉은 청나라 광서(光緒) 연간에 '사유대차장(謝裕大茶莊)'에서 처음으로 창제한 것으로 이 차장을 창시한 사람은 사정화(謝靜和)이다. 사유대차장(謝裕大茶莊)은 중국의 개혁개방이후 다업(茶業)의 확장과 발전을 위해 '천명장(天茗莊)'으로 개명하였다.

흡현(歙縣) 조계(漕溪)사람으로 차업(茶業)에 종사하였다. 차장을 경영했을 뿐만 아니라, 채다와 제다의 기술에도 매우 정통하였다. 1875년 차시장의 수요에 영합하기 위해 매년 청명절에 황산 탕구(湯口)·충천(充川) 등지를 찾아 고산의 유명다원에 올라 두텁고 부드러운 찻싹을 채취하여 정교하게 차를 덖고 말리었는데, 상표를 '황산모봉'으로 명명하고 동북, 화북 일대에 수출하였다. 고급 '황산모봉'의 연 생산량은 항전(抗戰) 이전에 이미 6,000 킬로그램 이상에 달했다."

황산 모봉 차밭

사정화의 이름은 '사정안(謝正安)'이며 자(字)가 '정화(靜和)'이다. 청나라 도광(道光)18년 12월 18일 휘주부 황산 남쪽자락에 위치한 조계촌에서 조상 대대로 차업(茶業)을 경영하는 명문 차상(茶商) 집안에서 출생하였으며 평생을 차생산과 차업 경영에 몰두하였다. '사유대(謝裕大)'차장을 창건하여 1875년 황산모봉을 창시하고, 중국 내지와 유럽각국에 황산모봉을 수출하여 청나라 정부로부터 그 공을 인정받아 차상으로서 관직까지 두루 겸직하게 되었다.

1860년대 말기 태평천국의 난이 끝난 후, 청나라가 상무(商務) 활동에 적극적으로 힘쓰기 시작하면서 중국차를 해외로 수출하는 기구인 '양장(洋莊)'의 발전이 고조에 이르게 되었다. '양장(洋莊)'이란 당시의 무역상 혹은 수출상을 의미하는 말이다. 사정화는 운반거리가 먼 광주(廣州)보다는 비교적 가까운 상해(上海)의 '양장'을 거쳐 휘주지방의 차를 해외로 수출하기로 하고 상해로 가서 '사유태'라는 차장을 창건하였다. 그러나 이미 대내외적으로 널리 유명해져 있던 서호용정, 노산운무(蘆山雲

황산 모봉의 창시자-사정화(謝靜和)

霧), 운남보이 등과 같은 명차들과 비길 만한 경쟁력을 갖춘 좋은 품질의 명차가 휘주에 없음을 한탄하고는 휘주의 새로운 명차를 개발하기로 결심하게 된다.

오랜 고심을 하던 사화정은 황산의 숱한 봉우리에 올라 모든 차밭을 샅샅이 찾아 헤매게 되었으며, 그러던 중 연화암의 승려들이 바위틈에서 재배하고 있는 '황산운무차'를 발견하고는 이 차를 황산차를 대표하는 명차로 개량·발전시키기로 결심하고 직접 산에 올라서 채다(采茶)와 제다(製茶), 그리고 생산량과 판매에 이르기까지 온갖 정성과 심혈을 기울여 실험하고 연구한 끝에 드디어 1875년 '황산모봉'을 탄생시키게 되었다.

제품으로 완성된 찻잎은 하얀 솜털같은 백호(白毫)로 덮여있고, 찻싹의 끝이 뾰족한 게 마치 산봉우리 같았으며,

청말엽 차를 구매하는 외국상인들의 모습

그 생산지가 황산원(黃山源)에 속하는데다가 황산(黃山) 부근임으로 '사정화'는 이 모든 의미를 담아 차의 이름을 '황산모봉'이라 명명하게 되었다. 전하는 말에 의하면, '황산모봉'이 완성되어 상해에서 첫 출시가 되자, 속된말로 한 번에 대박이 터져버렸다고 한다. 중국차를 수입하려고 상해에 온 영국 차상(茶商)들이 그 맛을 보자마자 모두 엄지손가락을 치켜세우고 감탄하며 "OK, OK"를 외쳤다고 한다. 영국과 러시아 등의 차상들이 앞을 다투어 차를 예약하게 되자, 급기야 중국의 고위관원들과 귀족들의 고급음료로 인기를 독차지함은 물론이고 그들 사이에서 고급 선물로 각광을 받게 되자 '황산모봉'은 드디어 세상에 그 이름을 떨치게 되었다.

사유대 박물관 현관, 사정안의 흉상 위로 '황산모봉제일가'라는 현판이 보인다.

(2) 황산모봉차의 최대기지 '사유대(謝裕大)'차장의 생산과 경영

'사유대(謝裕大)' 차장(茶莊)은 흥업한지 40여 년이 흘러 사정안(謝正安) 세상을 떠난 뒤, 그의 네 명의 아들들에 의해 합작경영으로 그 명맥을 이어오게 된다. 그러나 연이어 발생한 중국 내지의 군벌들의 내란과 중일전쟁 등의 크고 작은 전란이 끊이지 않던 역사적인 격동의 혼란기를 겪으면서 황산 모봉(毛峰)은 그 생산량이 감소됨과 동시에 각지에 있던 '사유대차장'의 분점들마저 하나 둘씩 패쇠되어 갔다. 이로 인해 영국과 러시아 등지로 대량 수출되던 국제 판로마저 막히게 되자 '황산모봉'은 마침내 세상으로부터 서서히 잊혀져가기 시작했다.

이렇게 사양길에 접어든 '황산모봉'이 다시 기사회생(起死回生)하게 된 것은 모택동이 이끄는 중국공산당이 장개석이 이끄는 국민당(중화민국)과의 내전에서 승리하고 '신중국'이라고 표방하는 '중화인민공화국(中華人民共和國)'을 건립한 후, 중국 정부의 장기적인 경제계획정책의 통제를 받기 시작하면서이다. 그러나 초기에는 정통 '황산모봉'의 생산량은 여전히 위축되어 있는 상태였다. 생산량 통계에 따르면, 1982년에 3등급 모봉이 445.5킬로그램; 1983년에 2등급과 3등급의 '모봉'이 합쳐서 2863.3킬로그램; 1984년에 특1, 특2, 특3 등급이 7382.3킬로그램, 1985년에는 11405킬로그램이 생산되었다.

비록 '황산모봉'이 외교부와 상업부에서 우수명차의 칭호를 받았지만 당시 시장의 명품의 관리가 제대로 정리되지 않은 채, 여전히 혼란한 틈을 타 가짜 '황산모봉'이 대량으로 시장에 출시되는 바람에 중국에서 전국적으로 시행한 찻잎추출검사에서 '황산모봉'의 명성은 거의 0점에 가까운 낮은 합격률을 받아 많은 사람들을 안타깝게 하였다. 이 때 가짜 황산모봉(黃山毛峰)으로 인해 '정통 황산모봉'의 명성이 훼손되는 모습을 더 이상은 차마 눈 뜨고 볼 수가 없었던 모봉의 창시자 사정안(謝正安)의 적통

사유대차창의 조계다원(漕溪茶園) 모형도

후손인 '사일평(謝一平)'은 '정통 황산모봉의 회복'이란 기치를 내걸고 '모봉'의 품질과 명성의 회복에 발 벗고 나서게 되었다.

사일평(謝一平)은 1995년 자신이 근무하던 '흡현(歙縣)차엽공사'를 사직하고 직접 차사업을 하기 위해 낙향하여 조계(漕溪: 현재 안휘성의 부계(富溪))에서 조상 대대로 내려오던 가업을 이어 드디어 '조계차창(漕溪茶廠)'을 창업하기에 이른다. 그는 조상들로 물려받은 전통 가공기법의 기초에다 현대과학기술을 접목하여 마침내 모봉(毛峰)의 품질을 한층 더 발전시킴은 물론 명차(名茶)로써의 모봉의 원래 명성을 회복하는 데 성공하기에 이른다.

중국의 휘상(徽商)들의 경영이념은 바로 '성신(誠信)'을 우선으로 한다. 원래의 맛과 향을 살린 황산모봉을 생산하기 위해 '사일평'은 두 가지 방법을 동시에 실시하였다. 한쪽으로는 차 생산기지를 건설하면서 또 한편으로는 상품의 이미지를 결정짓는 상표관리에 주중하였다. 아울러 황산모봉의 재배에 적합한 지역, 기후, 토양 등의 조건에 부합하는 해발 500미터 이상에 위치한 부계(富溪)와 갈석(竭石) 두 마을에 모봉차의 생산기지를 건설하였다. —

참고로 '사유대(謝裕大)차엽박물관'의 자료에 의하면 '사유대'에서 운영하는 황산모봉의 재배 차밭(茶園)은 모두 해발 800미터로 소개하고 있다.

10여년의 고심어린 경영 끝에 사일평의 '사유대(謝裕大)'에서 생산한 황산모봉은 마침내 '국가원산지 생산품 보호범위'에 속하는 국가 주요 농산품으로 지정되었음은 물론, '중국차왕'이란 칭호까지 얻게 되었다. 현재 '사유대' 차창에서 생산되는 차는 10여 만 킬로그램에 달하며 생산가로는 인민폐 2000여 만 원(한국돈 27억여 원 상당)에 달한다.

사유대 차엽박물관

'황산 사유대 유한공사(황산 휘주 조계차창)'는 '황산모봉'의 창시자인 사정안(謝正安)의 고향인 황산시 휘주구(徽州區)에 위치하고 있다. 모봉의 생산·가공·판매와 과학적 연구가 합일되어 있는 민영 과학기술 기업단체임으로 안휘성 농업 산업화의 선두 기업에 속한다. '사유대'기업의 사장(법인대표)은 바로 창시자 사정화의 제5대손이자 가업인 '황산모봉'을 부흥시킨 '사일평(謝一平)'이다.

현재 회사 직원과 공원들은 모두 286명이며, 그중에서 고급 설계사 2명, 농예사(農藝師)가 4명, 회계사 1명, 상품포장설계사 1명, 농업기술연구원 8명, 공정기술인원이 28명인데, 이는 '황산모봉'이 상품으로 출시되기까지 모든 분야가 굉장히 구체적이고 과학적인 단계를 거쳐 연구 진행되고 있음은 물론이고, 또한 각 책임분야가 체계적으로 세분화되어 있음을 쉽게 짐작할 수 있다.

사유대차창의 공장 전경

'사유대(謝裕大)'차장은 '황산모봉'의 정통 원산지로서 품질이 우수함을 밑천삼아 '황산(黃山) 제일가(第一家)'라는 명성에 걸맞게 투철한 경영이념과 새로운 시장 요구에 맞추어 가기 위해 부단히 연구하고 있다. '황산모봉'이 명차로서 우뚝 설 수 있었던 것을 그들은 이렇게 말한다. "과거 조상들의 전통을 이어받아 전수하고, 끊임없이 연구하고 발전시켜 오늘의 모봉 최고의 조계품질을 생산하게 되었다."라고 말이다. 게다가 이들은 전통공예를 철저히 계승하여 복원함은 물론 선진과학기술을 수용하여 활용함과 동시에 우수한 인재들의 과감한 등용으로 '품질의 개선'과 '상품 브랜드 전략'을 실시하여 마침내 세계적으로 유명한 '황산모봉'으로 거듭나게 하였다. 그들은 새로운 차의 생산 기지를 건립하고 협회를 조직하며, 농민을 함께 이끌고 가는 즉, '기업+기지+협회+농가' 형태의 일원화된 선진 산업화 경영시스템을 이룩하였다.

谢裕大茶报

第一期 2007年11月15日 本期4版

谢裕大茶业股份有限公司 主办

电话：0559－3582299

谢裕大 国礼茶

胡锦涛主席向普京总统赠送谢裕大黄山毛峰

『我们的队伍遍天下』

详情关注2版

사유대 차창에서 발행한 다보(茶報)

'사유대(謝裕大)'의 표준 찻잎의 초제(初制)가공 기지는 황산모봉의 원산지인 휘주구

부계향(富溪鄕)으로 점유면적이 253아르(a)이고 작업장 건설면적은 약 1만 평방미터 규모로 각종 공정단계가 완전히 현대화 설비시스템으로 갖추어진 중국 최대의 황산모봉차 생산기업이다. 뿐만 아니라 조계(漕溪)는 중국 정부에서로부터 '황산모봉차의 생산기지(生産基地)'로 공식 지정되었으며, 동시에 조계의 '황산모봉차'는 중국의 10대 명차 중에서도 중국의 '국차(國茶)'로 공식 지정되는 영예를 얻기도 하였다. 2007년 3월 중국의 국가주석 '후진타오(胡錦濤)'는 중국을 방문한 러시아의 '푸친 대통령'과 함께 부계(富溪)를 방문하여 공장과 '사유대차엽박물관'을 관람한 뒤, 직접 그에게 '황산모봉'을 선물하기도 했다.

(3) 황산 모봉의 제다(製茶)와 등급

현재 황산모봉의 생산지역은 이미 황산산맥 남쪽자락에 위치한 황산시의 휘주구(徽州區), 황산구(黃山區), 흡현(歙縣), 이현(黟縣) 등의 황산 주변의 많은 곳으로 확대되어 재배 생산되고 있다. 황산은 골이 깊고 산봉우리가 연이어져 숲이 우거지고 곳곳마다 계곡을 흐르는 시내가 널려 있다. 기후가 온화하고 강우량이 풍부하고 연평균온도가 15~16℃며, 연평균 강수량이 1800~200미리이다. 토양은 산지 황양(黃壤)에 속하며, 토층이 매우 깊고 두텁다. 토질이 부드러워 투수성(透水性)이 매우 좋다. 풍부한 유기질과 PH(페하: 수소이온 농도)가 4.5~5.5로서 차나무 생장에 매우 적합한 조건을 갖추고 있다.

황산모봉은 일반적으로 가늘고 여린 잎인 '세눈(細嫩)'만을 채취하여 만드는데, 특급 황산모봉은 '일아일엽초전'을, 1등급은 '일아일엽(一芽一葉)', '일아이엽초전'을 2등급은 일아일엽과 '일아이엽(一芽二葉)'을 3등급은 '일아이·삼엽초전(一芽二·三葉初展)'등을 표준으로 삼아 구분한다. — 참고로 설명하자면, '일아일엽초전(一芽一葉初展)'은 차나무의 맨 끝에 창처럼 뾰족하게 솟아 있는 싹과 바로 그 밑에 달려 있는 갓 전개되는 한 개의 찻잎을 가리킨다. '일

황산 모봉 차밭과 차싹

아일엽(一芽一葉)'은 한 개의 차싹과 그 밑에 달려있는 찻잎을 가리키며, 일아이엽초전(一芽二葉初展)은 하나의 찻싹과 그 밑에 붙어서 잎으로 막 펼쳐지고 있는 2장의 싹 잎을 가리킨다. 그리고 '일아이·삼엽초전(一芽二·三葉初展)'도 위와 마찬가지로 한 싹 아래 붙어서 갓 피어나는 두 잎 혹은 세 잎을 가리키는 말이다.

찻잎을 따는 시기를 보면, 특급 황산모봉은 청명(淸明) 전후이고, 1~3등급 황산모봉은 곡우(穀雨) 전후에 채취한다. 채취된 신선한 찻잎이 공장에 들어오게 되면 먼저 찻잎을 선별하게 된다. 겨우내 언 잎이나 병충해에 상한 잎을 제거하고, 그 다음에는 각 등급에 부합되지 않은 찻잎이나 줄기 등을 가려서 추려내어 차싹과 찻잎의 품질을 수준이 고르게 유지되도록 한다. 이렇게 엄선된 찻잎은 다시 그 부드러운 정도에 따라 구분하여 따로 펼쳐놓고 찻잎의 수분을 부분적으로 제거한다. 찻잎의 신선도를 유지하기 위해 오전에 채취한 찻잎은 오후에 제다하고, 오후에 채적한 찻잎은 당일 밤에 제다를 진행한다.

황산모봉의 제다 공정은 '살청(殺靑)·유념(揉捻)·홍배(烘焙)'의 삼단계로 진행된다. 제1단계인 살청은 직경 50센티미터 정도의 솥을 사용하며, 솥의 온도는 먼저 고온에서 나중에 저온으로 하여야 한다. 즉 150~130℃로 하여야 한다. 솥에 매번 투입되는 찻잎의 양은 특급일 경우 200~ 250그램, 일급이하일 경우에는 500~700그램까지 증가할 수 있다. 신선한 찻잎을 솥에 넣었을 때 깨 볶는 듯 소리가 나면 온도가 적당한 것이다. 오직 손으로 가볍게 뒤집어 가며 재빨리 볶아야 하는데, 통상 분당 50~60차례 정도로 한다. 이때 찻잎을 솥을 걸어놓은 부뚜막에서 약 20센티미터 정도 높이로 들어 올려가며 볶아야 한다. 높이 들어 올려 찻잎을 흩뜨릴 때는 뭉치지 않도록 골고루 잘 흩어지게 하며, 솥에서 찻잎을 볶으며 위로 끌어 올릴 때는 솥 안이 깨끗하게 비도록 전부 다 끌어올린다. 살청은 찻잎을 적당히 시들게 하는 작업으로 찻잎이 부드러워지고, 찻잎 표면의 광택이 사라지며, 푸릇한 기가 없이 차향이 드러나기 시작

황산모봉 선엽

하면 된다.

제2단계인 유념(揉捻)과정은 찻잎 비비기 과정이다. 특급과 일급은 살청이 적당이 이루어졌을 때, 계속해서 솥에서 약간 쥐었다 놓았다 하면서, 가볍게 비비고 가닥을 정리하는 작용을 가한다. 2~3급은 살청 후, 솥에서 꺼내어 열기가 식은 뒤에 가볍게 1~2분 정도 비비게 되는데, 찻잎의 가닥이 약간 구불구불하게 되면 된 것이다. 이때 주의할 사항은 찻잎을 천천히 비벼야하며(揉捻), 무겁게 압력을 가하지 말고 가볍게 눌러 주어야한다.

제3단계인 홍배(烘焙)는 불에 쬐어 말리는 과정으로서 '초홍(初烘)'과 '족홍(足烘)'으로 나눈다. 초홍(初烘)은 첫 불 쬐기를 말하며, 족홍(足烘)은 충분히 불에 쬐어 찻잎을 완전히 건조시키는 과정을 뜻한다.

황산모봉 건엽

초홍은 살청 솥 마다 4개의 건조용 대바구니를 사용한다. 불의 온도는 처음에 고온으로 높였다가 낮추어 가는데, 홍배 때 제일 위에 놓이는 첫 번째 대바구니의 불과 거리가 제일 멀기 때문에 불의 온도를 90℃이상으로 하고, 두 번째와 세 번째, 네 번째 바구니로 내려갈수록 80℃, 70℃, 60℃로 차차 불의 온도를 낮추어 간다. 이때 찻잎이 고열에 타지 않도록 자주 뒤집어 주어야 하며, 또한 위에 놓인 바구니와 아래 놓인 바구니의 순서를 수시로 바꾸어 주어야 한다. 첫 불 쬐기(初烘)가 끝난 차는 곡식을 까불 때 쓰는 대나무 키에 옮겨 담아 30분간 가량 열을 식혀 찻잎의 수분이 다시 고르게 분포되도록 한다. 초홍을 거친 찻잎은 다시 8~10번의 불 쬐기를 거쳐 마지막 단계인 족홍(足烘)의 과정을 진행하게 되는데, 이때 온도는 60℃정도로 하며, 찻잎이 충분히 건조될 때까지 여린 불(文火)로 천천히 건조시켜간다. 차가 완전히 건조되면, 잡티를 골라내고, 다시 한차례 '불 쬐기'를 하여 차향을 북돋아준 뒤, 밀폐된 찻통(茶罐)에 넣고 봉합하여 보관한다.

상품으로 완제된 황산 모봉의 등급은 일반적으로 특급과 1, 2, 3 등급으로 나누어지고, '특급'은 다시 상중하 3등급으로 나누어지며,

1~3등급은 다시 각각 상하 2개 등급으로 세분화 되어진다. 특급 황산모봉은 중국 모봉차 중의 최고 극품으로 인정되며, 그 형태가 작설(雀舌)의 형태이며 잎은 고르게 견실하다. 찻잎은 뾰족하고 하얀 솜털로 덮여있으며, 빛깔은 마치 상아(象牙)와 같다. 다 자란 찻잎은 황금빛을 띠고 있으며, 맑은 차향이 높고 오래 지속된다.

일반 황산모봉(위)과 고급 황산모봉(아래)

강남시산(江南詩山) 경정산

경정녹설(敬亭綠雪)

(1) 시산(詩山) 경정산과 녹설(綠雪)의 역사와 유래

명산(名山)에서 명차(名茶)가 나기 마련이다. 경정산(敬亭山)은 안휘성의 3대 명차 중의 하나인 '경정녹설(敬亭綠雪)'의 생산으로 유명하기도 하지만, 사실은 그보다 시산(詩山)으로 더욱 유명한 산이다. 시선(詩仙)으로 유명한 중국 최고의 시인 이백은 『홀로 경정산에 앉아(獨坐敬亭山)』란 시에서 경정산에 대한 자신

경정산 정상부근 독좌루(獨坐樓) 안의 이태백의 좌상(坐像)

의 심정을 다음과 같이 읊조렸다.

"뭇 새들 높이 날아 사라진 곳, 외로운 구름 홀로 한가로이 떠가네. 서로 마주 보고 있어도 질리지 않는 것은 오직 경정산(敬亭山) 뿐이로구나."

(衆鳥高飛盡, 孤雲獨去閑,
相看兩不厭, 只有敬亭山.)

'강남시산' 표석(경정산)

이 시는 이백의 수많은 시 중에서도 걸작 중의 걸작으로 꼽히고 있다. 시에서도 잘 묘사되었듯이 이백은 경정산에 반하여 무려 일곱 차례나 유람하였다고 전한다.

그 외에도 당대의 유명한 시인 백거이(白居易), 두목(杜牧), 한유(韓愈), 유우석(劉禹錫), 왕유(王維), 맹호연(孟浩然), 이상은(李商隱), 안진경(顏眞卿), 위응물(韋應物), 육귀몽(陸龜夢); 송나라 때의 소동파(蘇東

坡), 매요신(梅堯臣), 구양수(歐陽修), 범중엄(范仲淹), 안수(晏殊), 황정견(黃庭堅), 문천상(文天祥); 원대(元代)의 공규(貢奎), 공사태(貢師泰); 명대(明代)의 이동양(李東洋), 탕현조(湯顯祖), 원중도(袁中道), 문징명(文徵明), 청대(淸代)의 시윤장(施閏章), 석도(石濤), 매청(梅淸), 매경(梅庚) 등, 수많은 중국의 역대 시인·묵객(墨客)들이 앞을 다퉈 경정산을 찾아와 유람하며 경정산과 녹설차를 찬양하여 쓴 시들이 무려 천여 수에 달한다고 한다. 뿐만 아니라 이곳엔 이백의 '독좌경정산' 시비(詩碑)를 비롯해 이곳을 찾아 시를 남긴 역대 시인들을 기념하기 위한 시비가 곳곳에 남아 있다. 그래서 이곳은 시(詩)의 명산으로 세상에 널리 알려진 곳이기 때문에 '시산(詩山)' 혹은 '강남시산(江南詩山)'으로 매우

이백의 '독좌경정산' 시비(詩碑)

유명하다.

경정산은 중국 안휘성의 1000년 고성(古城)인 선성(宣城)에 위치하고 있다. 선성은 안휘성의 동남 문호(門戶)이며 동쪽으로는 강소와 절강을 접해 있고, 서쪽으로는 구화산(九華山)으로 연결되었으며, 남쪽으로 황산(黃山)에 기대고, 북쪽은 장강(長江)으로 통하고 있다.

천년의 시산(詩山) 경정산에서 생산되는 경정녹설은 항주의 용정차와 마찬가지로 납작한 편조(扁條)형이며, 홍청(烘青: 덖음) 녹차에 속한다. '경정녹설(敬亭綠雪)'차는 안휘성 선성시(宣城市) 선주구(宣州區) 경정산(敬亭山)에서 생산된다. 중국에서는 진품(珍品) 녹차 중의 하나이며, 중국 역사 명차 중의 하나로 꼽고 있다. 육우의 『다경(茶經)』, 칠지사(七之事)의 기록에 의하면, "경정산이 속해 있는 선성(宣城)에선 이미 동진(東晋: AD,

경정산 입구 패방(牌坊)

317~322년)때부터 차가 생산되어 황제에게 바치는 공차(貢茶)로 지정되었었다."

경정녹설은 송라차(松蘿茶)의 일종으로 명대에 창시되어 명청(明淸)시기에는 공차(貢茶)로 지정되어 세상에 유명해졌으나, 후에 역사적 혼란기를 맞이하여 수십 년 간 생산이 중단되었다가 1972년에 복원 연구가 시작되어 1978년에야 비로소 중국 정부의 심사·평가과정을 통과하여 생산이 회복되었다.

경정산은 황산의 지맥에 속하며 풍경이 매우 수려하다. 산들이 높이 솟아 있어 산골짜기 또한 매우 깊다. 운무가 덮여있어 골짜기엔 물이 졸졸 흐르고, 푸른 숲과 청죽(靑竹)이 하늘 높이 치솟아 해를 가리고, 상쾌하고 맑은 향기가 온 산에 가득하다. 『선성현지(宣城县志)』에 실린 청나라 광서(光緖) 연간의 기록에 보면, "송라차(松蘿茶)는 도처에 모두 있는데, 맛이

경정산 녹설차 차밭

쓰면서도 담백하다. 그러나 종류가 매우 풍부지만, 오직 경정녹설만이 최고품이다."라고 극찬하고 있다.

차 이름이 '경정녹설'로 명명된 유래에는 3가지 전설이 전해지고 있다. 첫째 전설은 '녹설'이란 차를 따는 아가씨가 있었는데, 머리가 영리하고 손재주가 비범하였다. 그녀는 차를 딸 때 손으로 따지를 않고, 입으로 찻잎을 물고 땄다. 그러던 어느 날 그녀는 절벽에 올라 차를 따다가 그만 실족하여 절벽 아래로 떨어져 죽게 되었다고 한다. 사람들은 그녀를 기리기 위해 그녀의 이름을 따서 경정산차(敬亭山茶)를 '녹설(綠雪)'이라고 부르게 되었다는 것이다.

두 번째 전설은 찻물이 끓은 후, 찻잔위로 뜨거운 수증기가 마치 운무처럼 유유히 일어 구름처럼 떠있는 모습이 찻잔 속에 눈꽃이 날리고 있는 듯하다. 이것이 마치 하늘의 선녀가 꽃을 뿌리고 있는 듯한 모습을 연상케 하는데, 그 선녀가 바로 앞에서 말한 '녹설' 아가씨라는 것이다.

세 번째 전설은 뜨거운 물로 차를 우리게 되자 찻잔 속의 찻잎이 한 잎 한 잎 수직으로 가라앉을 때 찻잎의 하얀 솜털(白毫)이 뒤집어지는 모습이 마치 푸른 숲 속에 대설이 날리는 듯하여 '녹설'이라 하였다고 한다.

전설이 매우 신화적인 요소도 있고, 소박한 요소가 함께 어우러져 있지만, 어쨌든 명칭유래에 대한 세 가지 전설 모두가 '경정녹설'에 대한 특징을 중국인들 특유의 낭만적 감각으로 잘 표현한 것이 아닌가 싶다. 후자(後者) 두 가지 전설은 필자 본인도 차를 마실 때면 늘 깊이 공감하는 모습이다.

(2) 경정녹설의 채엽(採葉)과 제다(製茶)과정

경정녹설은 주로 청명(淸明)과 곡우(穀雨) 사이에 채엽(採葉)하여 제다(製茶)하며, 제다가 진행되는 기간은 주로 15일간 정도가 된다. 이때 일찍 따는 찻잎은 손으로 비빌 수 없을 정도로 작고 연한 잎이라야 한다. 경정녹설이 채엽의 중요한 관건은 첫째는 시간을 다투어 찻잎을 따야하며, 둘째는 높은 산에 올라가서 따야하며, 셋째는 차의 연한 싹과 잎을 잘 골라서 따야 한다. 찻잎을 따는 기준은 '일아일엽초전(一芽一葉初展)'이 우선이며, 크기가 들쭉날쭉하지 않게 가지런해야 한다. 즉, 찻싹과 잎의 크기가 고르게 균등하면서 동시에 참새 혓바닥처럼 뾰족한 작설(雀舌)의 형태를 갖추어야 한다.

또한 채다(採茶)와 제다(製茶)의 기술적인 면에 있어 반드시 주의해야 할 네 가지 사항이 있다. 첫째, 잎과 잎 사이에 끼어 겹쳐서 생겨난 '협엽(夾葉)', 물고기 모양으로 크게 다 자라난 '어엽(魚葉)', 이미 오래된 '쇤 잎(老葉)', 시들해진 자줏빛이 감도는 '자아(紫芽)', 벌레 먹은 '병충엽(病蟲葉)', 잎의 가장자리가 변색된 '초변엽(焦邊葉)' 등의 6종류의 찻잎은 따지 않도록 주의해야 한다. 둘째, 찻잎의 신선도를 유지하기 위해서는 가볍게 따서 가볍게 놓고, 빨리 부지런히 따서 부지런히 놓아 찻잎의 변질됨을 방지해야 한다. 셋째, 때에 맞춰 채취한 찻싹과 찻잎을 신속히 펼쳐 놓아야 하는데, 이때 막 따온 신선한 찻잎을 두텁지 않게 얇게 펼쳐놓아야 한다. 넷째, 당일

경정산 중턱 숲속의 녹설차 차밭

따온 신선한 찻잎은 당일 제다를 완성해야 한다는 것이다. 이상과 같은 주의사항들이 엄격히 지켜지고 선행된 후에야 비로소 품질 좋은 경정녹설차의 제다에 들어갈 수 있는 것이다.

경정녹설은 '살청(殺靑)·주형(做形)·홍건(烘乾)' 등의 세 단계 공정과정을 거쳐 만들어진다. 첫 번째 단계인 살청은 순식간에 이루어진다. 차를 덖는(볶는) 솥의 온도는 대략 130~140도 정도를 유지하고, 한 번 덖을 때마다 넣는 찻잎의 양은 200~250그램 정도이다. 그리고 약 2분 정도 찻잎을 덖고 뭉친 찻잎을 떨어내고 하는 동작을 반복하여 살청이 적절한 상태에 이르게 되면 찻잎을 솥에서 꺼내어 서늘하게 펼쳐놓는다.

경정산 건엽(乾葉)

두 번째 단계인 형태를 만드는 '주형(做形)'단계는 경정녹설이 완성되는 과정 중 가장 중요한 단계로서 용정차의 형태인 납작한 편형(扁形)과 끝이 뾰족한 작설의 형태를 만들게 된다. 이때 솥의 온도는 60도 정도를 유지하며 형태를 만드는 이 단계는 다시 참새 혓바닥 모양을 만들어내는 '탑롱(搭攏)'의 과정과 찻잎의 가닥을 가늘게 정리하는 '리조(理條)'의 과정으로 나누어 진행된다. 그 자세한 기술과 방법이야 필자가 직접 체험하지 않은 터라 정확히 알 길은 없으나 문헌상에 의하면 '탑롱'의 과정은 모은 네 손가락과 엄지를 함께 사용하여 참새 작설의 형태를 형성하는 기술이고, '리조'의 과정은 팔의 힘과 손가락의 힘을 사용하여 솥 안에 놓인 찻잎을 볶으며 찻잎의 가닥을 곧게 성형하는 과정이다. '탑롱'과 '리조'의 과정은 때에 따라서는 나누어서 진행되고, 때에 따라서는 동시에 진행되며, 찻잎의 빛깔과 형태 및 찻잎의 온도의 변화에 따라서 결정된다. 이는 글로써 설명될 수 있는 것이 아니

경정녹설차 포다(泡茶)

라 직접 오랜 제다 과정을 체험하지 않고는 참으로 이해하기 어려운 과정이다. 간혹 중국의 어느 차 관광지에서 차를 덖는 모습을 보고 왔다거나 잠깐 제다의 실습과정을 경험했다고 해서 마치 다 이해되는 것처럼 말할 수는 없을 것이다.

마지막, 세 번째 단계는 불에 쬐어 말리는 홍건(烘乾)단계인데, 이 단계도 위와 마찬 가지로 모홍(毛烘)과 족홍(足烘)의 두 과정으로 다시 분류되어 진행된다. 모홍의 과정은 네 개의 대나무 건조바구니를 사용하여 110도의 온도로 찻잎을 펼쳐 건조하기 시작하며, 차차 불의 온도를 낮추어간다. 홍건(烘乾)이 끝나면 서늘한 곳에 펼쳐서 30분 정도 식힌 다음, 족홍의 과정으로 들어간다. 족홍의 과정은 60도 정도의 암화(暗火)를 사용하여 저온으로 오랫동안 쬐여 건조한다. 여기서 '암화'란 화염을 내뿜지 않는 불, 타다 남은 불, 사그러지는 불을 의미한다. 족홍으로 건조된 후 2,3일이 지난 후에 다시 한 번 불 쬐기를 건조과정을 마친 후, 차통에 넣고 밀봉하면 비로소 그 유명한 중국의 시산(詩山) 경정산(敬亭山)의 명차인 '경정녹설(敬亭綠雪)' 완제품으로 탄생되는 것이다.

도교와 불교의 성지(聖地)
천태산(天台山) 운무차(雲霧茶)

(1) 천태산 운무차의 역사와 배경

천태산(天台山)은 비록 중국 최고의 다섯 명산(名山)인 오악(五岳)에는 들지 않지만 역대 중국의 유불선(儒佛仙) 삼교(三敎)의 대표적 인물들이 흠모하여 찾아든 명산(名山) 중의 명산이다. 오악(五岳)은 중국의 오대명산의 총칭이다. 동악(東岳)은 태산(泰山), 서악(西岳)은 화산(華山), 중악(中岳)은 숭산(嵩山), 북악은 항산(恒山) 남악은 형산(衡山)을 가리킨다. 오악은 중국의 오행(五行)사상과 중국인들의 산악(山岳)과 산신(山神)에 대

용이 뚫고 지나갔다는 협곡-용천협(龍穿峽)

한 숭배 정신에서 비롯된 것이다. 전설에 의하면 천지를 개벽했다는 반고(盤古)가 죽은 후 머리와 사지(四肢)가 뿔뿔이 흩어져 떨어진 곳이 오악이 되었다고 한다.

천태종(天台宗)의 본산으로 널리 알려진 중국 절강성의 천태산은 불교의 성지(聖地)이기 전에 먼저 도교(道敎)의 4대 성지 중의 하나이다. 그래서 천태산에는 도교와 불교에 관련된 전설이 엄청나게 많이 남아있는 곳이기도 하며 특히, 차의 역사에 있어서는 아주 특이하게 도교의 차와 불교의 차문화가 함께 잘 융합되어 발전된 곳이기도 한다.

천태산은 중국의 다른 명산들과는 좀 독특한 역사와 문화를 많이 간직하고 있을 뿐 아니라 명차의 생산지로도 유명하다. 여러 문헌적 기록에 의하면 절강성을 중심으로 한 남방의 여러 명차들을 파생시킨 발원지이기도 하여 이곳에서는 천태산차를 가리켜 '남방의 차조(茶祖)'라고 한다. 중국 최고의 명차인 용정차(龍井茶)도 이곳에서부터 발원하였다고 전한다.

천태산차의 역사는 여타 지역의 명산에서 생산된 차들에 비해 매우 다양하고도 긴 유구한 역사를 간직하고 있다. 전설에 의하면, 진

(秦)나라 때 이미 동백(桐柏)일대에서 차로 병을 치료했다고 하는데, 이것이 천태산에서 차를 생산했다는 최초의 전설이다. 만약에 이 전설이 사실이라면 천태산차는 2000여 년이 훨씬 넘는 역사를 간직하게 되는 것이다. 필자의 견해로는 이 전설이 아마 사실일 가능성이 매우 높다고 생각된다. 사실 전설에서도 약으로 사용했다는 말이 나오듯이 그 당시에 차를 음료로 이용했다기보다는 약이나 제사에 이용된 제수품이나 또는 차를 국으로 끓여 먹는 음식물 정도로 사용했을 것이라는 것은 이미 보편화되고 정형화된 상식이기 때문이다. 여기서 '동백(桐柏)'은 동백산을 일컫는 말로 원래 천태산과 동백산은 하나였는데, 불교가 천태산으로 들어오면서 도교와 불교를 구분하기 위해 불교에서는 이 산을 천태(天台)라 하고, 도교(道教)에서는 동백(桐柏)이라 하였다.

일부 복원된 도교사원 동백궁(桐柏宮)-천태산

그래서 천태산을 동백이라고도 이르며, 또한 이곳에는 실제로 도교의 본산이며 성지로 알려진 동백궁(桐柏宮)이 있는 곳이기도 하다.

천태산에서 차를 생산했다는 최초의 문헌적 기록은 삼국시대 오나라 적오(赤烏) 원년(238)에 도사(道士) 갈현(葛玄)이 천태산 최고봉인 화정(華頂)봉에다 차밭을 일구고 차를 심었다는 기록이 남아 있다. '적오(赤烏)'는 삼국시대 동오(東吳)의 오대제(吳大帝) 손권(孫權)의 두 번째 연호(年號)이다. 현재까지 그 차밭이 실존하고 있다. 1998년 6月 4日자의 절강일보(浙江日報)와 9日 인민일보(人民日報)에서 천태산 화정봉에서 도사 갈현(葛玄)이 최초를 차를 심었다는 '갈선명포(葛仙茗圃)'을 발견했다는 보도가 있었다. 지금으로부터 약 1770년 전에 천태산에는 이미 도사 갈현이 차를 심었다는 기록은 천태산

갈현이 최초로 차를 심었다는 '갈선명포(葛仙茗圃)'

이 절강성 최초의 차재배지이며 생산지였음을 증명하는 것이다. 갈현(葛玄 164~244): 삼국시대 오나라 시대의 유명한 도사 『포박자(抱朴子)』의 저자 갈홍(葛洪)의 증조할아버지이다. 자는 효선(孝先)이고, 세칭 '태극갈선옹(太極葛仙翁)'이라고 한다. 육우 『다경(茶經)』과 송나라 때의 지방지 『적성지(赤城志)』에 의하면, 그 후 천태산 운무차는 당송에 이르게 되자 이미 온 산에 모두 운무차(雲霧茶)가 재배·생산되었으며 차나무의 종식(種植)은 이내 곧 빠른 속도로 전 현(縣)으로 확산 보급되었다.

천태산 운무차는 그 후 명청(明淸)시대에 이르러 때로는 흥하고 때로는 쇠퇴기를 맞이하기도 하였지만, 60~70년대에 이르러 그 생산이 다시 최절정에 이르렀다가 잠시 쇠퇴하였다가 2000년 후에 재차 부흥기를 맞이하여 다시 최절

천태산 운무차 차밭

정에 이르렀다.

근래에 보고된 바에 의하면, 중국국제차문화연구회 왕가양(王家揚)회장의 요청으로 중국차엽연구소에서 고차수(古茶樹) 전문 연구원인 노부련(盧富蓮)·요국곤(姚國坤) 등을 파견하여 천태산 화정 귀운동(歸雲洞)으로 파견하여 정밀한 고고학적 조사를 실시한 결과 화정봉 귀운동 앞의 33그루의 차나무가 모두 '진화형(進化型) 고차수' 임이 입증되었다. 이로써 여러 고대문헌에서 전하는 갈현이 천태산에 최초로 차나무를 심었다는 기록이 진실임이 밝혀졌다. 이에 중국국제차문화연구회 회장 왕가양(王家揚)은 이곳에 '갈선명포(葛仙茗圃)'라는 비문을 짓고 난 뒤, 천태현(天台縣) 인민정부에 비석을 세워 기증하고 보호해 줄 것을 요청하였다고 한다.

천태현의 15개 향진(鄕鎭) 거리에는 모두 찻잎을 생산하지만, 주된 찻잎의 생산지는 석량(石梁)·백학(白鶴)·삼주(三州)·뇌봉(雷峰)·영계(泳溪)·용계(龍溪)·가두(街頭)·평교(平橋)·탄두(坦頭) 등의 향진에 분포되어 있으며 전체 현(縣)의 차밭(茶園)의 총면적은 약 3000여 헥타르에 달한다.

천태산차는 덖음차(炒靑) 위주이며 천태산에서 생산되는 차를 통칭 '천태산 운무차'라고 한다. '천태산 운무차'가 진종무의 『다경』에서는 '화정(華頂)운무'로 나오는데, 이는 곧 천태산 최고봉인 화정봉(華頂峰)에서 난다고 해서 붙여진 또 다른 이름으로 이것이 곧 '천태산 운무차'이다.

중국에서는 2001년 이래로 국가적으로 용정차의 원산지를 규정하고 그 지역에 대한 보호 정책을 실시하고 있는데, 천태현의 일부분이 용정차의 원산지 범주에 포함되었다. 그래서 전체 현이 천태산 운무차 생산구와 천태산 용정차 생산구로 양분되어 있다. 천태산 운무차 생산구역은 석량(石梁), 영계(泳溪) 등이며, 천태산 용정차 생산구역은 백학(白鶴), 삼주(三州), 뇌봉(雷峰), 용계(龍溪), 가두(街頭), 평교(平桥), 탄두(坦頭) 등이다.

천태산 운무차(건엽)

현재 전체 천태현의

찻잎 생산량은 천태산 운무차가 약 400톤, 용정차가 약 600톤이다. '천태산 운무차'는 줄곧 절강명차의 명성을 고수하고 있으며, 2003년에는 절강의 명품 생산품이 되었으며, 2005년에는 태주(台州)의 유명 품목으로 평가받게 되었다.

(2) 천태산 차문화의 형성과 전파

이미 앞에서 이미 언급했듯이, 삼국시대 오나라 적오(赤烏) 원년(238)에 도사 갈현(葛玄)이 천태산 화정(華頂)에 최초로 차를 심은 지 이미 1700여 년이란 장구한 세월의 풍상을 이어오면서, 어느 시대, 어느 곳에서도 찾아 보기 드문 아주 독특한 '천태산 차문화'를 형성하였다. 그것은 바로 천태산 차가 당시 중국의 유·불·선(儒佛仙) 세 종교와 함께 어우러져 형성·발전되어 왔다는 것이다.

천태산

차는 불교에서 수행자들이 참선을 할 때 잠을 쫓고, 정신을 맑게 하여 집중력을 향상시켜 수행에 큰 도움을 주었다. 이로 인해 승려들의 참선 수행 중에 유일하게 허락된 음료일 뿐만 아니라 절을 찾아오는 참배객들을 대접하는 음료였고, 부처님께 공양하는 최고의 음료였다. 차와 관련된 중국의 여러 사찰들의 기록에 의하면, "수행하는 승려들이 절 주변에서 직접 차밭을 일구고, 찻잎을 채취하여 차를 만든 뒤, 최고의 차는 부처님께 공양 올리고, 중간급의 차는 향객(香客)들에게 대접하고, 가장 질이 낮은 하등의 차는 승려 자신들이 마신다."고 하였다. 여기서 향객(香客)이라함은 부처님께 향을 살라 올리고 소원을 빌려고 절을 찾아오는 불교 신자 및 참배객을 말한다.

천태산 '화정사(華頂寺)' 대웅전

도교에서는 차를 음료라기보다는 약(藥)으로 여기는 경향이 많았다. 그래서 그들은 차를 불로장생의 단약(丹藥)으로 삼아 진인(眞人)이 되기 위한 수행을 정진하였다. 일설에 의하면 도교에서 불교보다 훨씬 앞서서 차를 심고 차를 마셨다고 한다. 이 부분은 불교가 차와 관련된 기록을 많이 남긴 데 비해 도교의 차에 대한 기록은 상대적으로 적어서 확실하게 정확한 연대나 인물 및 사적들을 입증하기는 힘드나 객관적인 역사적 관점으로 볼 때 최소한 중국에서 도교가 불교보다 먼저 차를 심고 마신 것만큼은 사실일 것이다. 이 부분에 대해서는 나중에 기회가 되면 다시 논하기로 하겠다. 반면에 유가(儒家)에서는 차를 마심으로써 뜻을 밝게 하고 마음을 정화하는 등 차를 심신의 양성에 주로 많이 활용하였다. 뿐만 아니라 차를 민간에까지 전파하여, 민간 가정에서는 손님을 접대하거나 조상께 제사를 지낼 때 차를 사용하게 되었다. 아울러 밖에서 벗과 사귀는 모임에서

천태산 도교사원 동백궁의 복원도

도 차를 중요한 매개체로 애용하여 마시기도 하였다.

이렇듯 유불선(儒佛仙)이 함께 어우러져 형성된 독특한 '천태산의 차문화'는 이내 곧 온 세상에 그 유명세를 떨치게 되었고, 당나라와 송나라 때에 이르러 천태산 차문화는 비로소 정착과 동시에 전성기를 맞이하였다. 아울러 해외에까지 전파되게 되어 천태산차와 천태산 차문화는 중국차와 중국차문화를 최초로 우리나라와 일본 등 세계에 전파하는 발원지가 되었다. 한·중(韓中) 다도 학계의 여러 보고에 의하면, 우리나라 신라 때 김대렴(혹은 대렴)이 중국에서 찻씨를 가져와 지리산 옥천사(玉泉寺: 현, 쌍계사) 부근에 차를 심고 재배했다는 한국최초의 차가 바로 천태산에서 가져온 차라는 것이다. 이와 관련해 1982년 한국 경상대학교 임업(林業)과의 김재생(金在生) 교수가 발표한

수대(隋代) 고찰 국청사(國淸寺)

『한국의 전통 민속식물학에 관한 연구』라는 논문에는 "대렴이 중국 절강성 천태산에서 생산된 찻씨를 가져와서 지리산 쌍계사 부근에 심었다."고 주장하였으며 이는 지금까지도 거의 정설로 굳어져 있다. 또한 2006년 8월호 『차의 세계』에는 "1999년 5월 절강대 유학생 이은경(李恩京) 씨가 동계경(童啓慶) 교수의 지도를 받아 생물유전학과 비교형태학의 방법을 통해 중국 천태산(天台山)과 한국 지리산(智異山) 차수(茶樹)의 비교 연구를 발표했는데, 천태산 차나무와 지리산 쌍계사 부근의 차나무가 놀랄 만큼 일치되고 닮았다."고 하였다.

동진(東晋)고찰-만년사

당나라 정원(貞元) 이십 년(804년)에는 일본 승려 뎅교우대사(傳教大師)인 '사이죠우(最澄: 767~822년, 일본 천태종의 개조)' 법사가 천태산 국청사(國淸寺)와 진각사(眞覺寺)에 불경을 배우러 왔다가 귀국하는 길에 천태산 차씨를 가져가 일본 히에이산(比

睿山) 산기슭에 있는 히에노야다원(日吉茶園: 지금의 池上茶園)에 심었다고 한다. 이것이 사실이라면 일본이 우리나라보다 24년이나 더 앞서 중국차가 전래되었다는 것이다. 신라 때 김대렴이 당나라로부터 찻씨를 가져 온 시기는 신라 흥덕왕 3년인 서기 828년이다.(『삼국사기』)

당나라 원화(元和) 원년(806)에는 일본에서 온 '고우보우(弘法)'대사 '구우카이(空海)'가 천태산에 불법을 구하러 왔다가 일본으로 돌아가는 길에 적잖은 양의 천태산 찻씨를 가지고 귀국하여 일본각지에 심었다고 한다.

또 송나라 때에는 일본의 '에이사이(榮西)' 선사가 건도(乾道) 4년(1168)과 순희(淳熙) 14년(1187)에 두 차례나 천태산의 만년사(萬年寺)를 찾아 천태불교의 밀종을 공부하였는데, 그는 이 기간 동안 현지 차농(茶農)들의 차 재배와

일본의 에이사이(榮西)선사

제다 및 음차방법을 세심하고 깊이 있게 고찰하였다. 그리고 소희(紹熙) 2년(1191)에 유학을 마치고 돌아오는 길에 천태산의 찻씨를 대량으로 가지고 와 세부리산(背振山)에 심었다고 전하고 있다. 그러나 일본의 다도 학계에서는 에이사이 선사가 중국에서 찻씨를 가져왔다는 설은 거의 부인하고 있고, 다만 중국의 말차(末茶)법을 가져온 것만큼은 인정하고 있다. 어쨌거나 에이사이 선사는 귀국 후, 1191년에 일본의 다경이라 할 수 있는 『끽다양생기(喫茶養生記)』를 저술하여 일본의 다도(茶道) 보급에 큰 공헌을 했을 뿐 아니라 차조(茶祖)로까지 추앙받게 된다. 말차법은 가루차를 타서 마시는 방법으로 당대(唐代)에 유행하기 시작하여 송대(宋代)에 이르러 크게 유행했던 음차방법이다.

관세음보살의 현몽으로 발견된
철관음(鐵觀音)

(1) 위음(魏蔭)에 관한 전설

철관음(鐵觀音)의 원산지는 복건성 안계현(安溪縣) 서평진(西坪鎭)이다. 그래서 '철관음'하면 '안계철관음'을 제일 먼저 떠올리게 된다. 철관음은 차나무의 품종명이면서 완성된 제품의 상품명이기도 하지만 오룡차(청차, 靑茶)계열 중에서도 뛰어난 대표적 차이기도 하다. 안계에서 '철관음'이란 차수종(茶樹種)을 발견하여 재배·육종(育種)하고, 차의 제품화를 이룬지도

안계현 서평진(철관음 생산지)

이미 근 300여 년이 되었지만, 실지로 안계에서 차를 심고, 차나무를 재배하고 차를 상품화하여 만들어 마신 역사는 철관음이 발견되기 훨씬 전으로 거슬러 올라가게 되며, 그 역사만 해도 무려 1천여 년이 넘는다. 그래서 안계에서는 종차(種茶)·제다(製茶)·음차(飮茶)에서 뿐만 아니라 품다(品茶)·논차(論茶) 및 최고의 차를 뽑는 '차왕 겨루기(賽茶王)'와 음다시(吟茶詩)·차노래(茶歌)·차무(茶舞) 등에 이르기까지 폭넓고 다양한 차문화가 전승되어 내려져 오고 있다.

위음정(魏蔭亭)

'철관음'이라는 특이한 차 이름만큼이나 철관음의 유래 또한 재미있는 두 가지 이야기가 전설로 전해져 내려오고 있는데, 하나는 '위음(魏蔭)설'이고 또 하나는 '왕사양(王士讓)'에 대한 전설이 있다.

첫째, 위음(魏蔭)에 대한 전설이다.

청나라 강희제(康熙帝)에서 건륭제(乾隆帝) 연간에 이르는 시기에 복건성 안계 서평 요양(堯陽) 송림두(松林頭)에 '위음(魏蔭: 1702~1774년)'이라는 차농(茶農)이 있었는데, 그는 차나무를 심고 재배하였으며 차를 아주 잘 만들었다고 한다. '송림두'는 현재 복건성 안계 서평진(西坪鎭) 송암촌(松岩村)이다. 위음은 불심(佛心)이 강한 불교신자로서 특히 관세음보살을 신봉하는 자였다. 그는 수십 년 동안을 하루같이 매일 아침저녁으로 항상 자신의 집 거실에 모셔둔 관음불상 전에 삼주(三柱) 청향(淸香)을 살라 올리고 동시에 청차(淸茶)은 석 잔을 함께 바치고 일심으로 관세음보살께 기도하였다. 여기서 말한 '삼주(三柱) 청향(淸香)'은 세 줄기 맑은 향을 뜻하는데, 중국인들은 유교·불교·도교 및 민간신앙을 막론하고 종교나 제사의식에서 향을 올릴 때는 반드시 세 줄기 향을 살라 올리는 습관이 있으며, 세 개의 향이 타 들어가는 길이의 높낮이를 보고 길흉을 점치기도 한다.

옹정(擁正) 3년(1725)의 어느 날 밤, 위음(魏蔭)은 꿈을 꾸었는데 "꿈속에서 호미를 들러

매고 집을 나와 어느 한 계곡 가를 걷다가 절벽바위 틈에 차나무 한 그루가 있는 것을 발견하였다. 가지가 힘차게 뻗어 있고 잎이 무성한 것이 멀리서 한 눈에도 탐스럽게 자라 있어 가까이 다가가니 그 차나무에서 난화(蘭花) 향기가 확 풍기면서 단박에 위음의 호기심을 자극하였다. 위음은 매우 기이하게 여기고 찻잎을 따려고 하는데 갑자기 어디선가 한 무리의 개 짖는 소리가 들려오면서 문득 잠에서 깨어났다." 잠에서 깨어난 위음은 꿈이 하도 기이하여 안타까운 마음으로 꿈속의 기억을 더듬어 보느라 더 이상 잠을 이룰 수가 없었다.

위음 석조상

그 다음날 새벽 잠자리에서 일어난 위음은 곧장 호미를 메고 꿈속의 기억을 더듬어 가며 꿈에 본 그 곳을 찾아 나섰다. 얼마 찾지 않아 관음륜(觀音崙) 타석갱(打石坑)이란 절벽바위에 도착하자 과연 어젯밤 꿈속에서 본 그대로 차나무 한그루가 바위틈을 비집고 자라고 있는 것을 발견하게 되었다. 때마침 바람이 불어와 차나무 가지와 잎이 흔들거리며 마치 위음을 반기는 듯하였다. 위음은 놀랍고도 신기해서 기뻐하며 가까이 다가가 자세히 살펴보니 어젯밤 꿈속에서 본 그 차나무랑 똑같은 모습이었다. 잎이 타원형이고 두터우며, 부드러운 싹이 자홍(紫紅)을 띠며 잎은 금방이라도 푸른빛이 뚝뚝 떨어질 듯한 것이 보통 차와는 사뭇 다르게 보였다. 위음은 대충 손닿는 대로 찻잎을 따가지고 집으로 돌아와 세심한 정성을 기울여 차를 만들어 우려내었다. 찻잎에 뜨거운 물을 붓자 이내 곧 기이한 향기가 코를 자극하고, 한 입 마셔보니 그 향이 목청 깊숙한 곳에서 회감하더니 정신이 맑아지고 온몸이 날 듯이 가벼워졌다. 이에 위음은 뜻밖의 더없이 귀한 보물을 얻은 듯 기뻐하며 어쩔 줄 몰라 하며 한편 마음속으로 "이것이 바로 산차왕(山茶王)이구나."라고 확신하고 그 차나무를 휘묻이하여 재배하기로 결심을 하였다. 여기서 '산차(山茶)'는 일반적으로 야생차나무를 일컫는 말이다. 고로 '산차왕(山茶王)'이란 최고의 야생차를 의미한다. 그리고 '휘묻이(壓條)'

라 함은 나무의 가지를 휘어 그 한 끝을 땅속에 묻고, 뿌리가 내린 뒤에 그 가지를 잘라 또 다른 한 개체를 만드는 식물의 인공 번식법의 한 가지이다.

위음은 일단 아무한테도 알리지 않기로 하고, 자신이 발견한 차나무에만 매달려 혼자 오직 휘문이 번식에 열중하였다. 세심하게 정성을 기울여 휘묻이한 가지가 뿌리를 내리고 싹이 발아하기를 기다린 후, 차 모종을 몇 개의 깨진 가마솥에 흙을 담고 옮겨 심었더니 모종이 모두 튼튼하고 찻잎 또한 파릇파릇하게 돋아났다. 때를 맞춰 찻잎을 따서 차를 만들어보니 차품(茶品)의 향기가 아주 독특하고 그 품질 또한 아주 독특하였다. 이에 집안의 진귀한 보물로 여겨 찻통 속에 밀봉하여 보관하였다가 귀한 손님이 방문할 때 꺼내어 차를 대접하

철관음 천년 야생고차수(古茶樹) 사진 "항주차엽박물관" 소장

였다. 그러자 이 차를 마셔본 사람들은 모두 이구동성으로 이 차를 가리켜 '차왕(茶王)'이라고 극찬하였다.

하루는 어느 서당 훈장이 이 차를 마셔보고는 그 맛의 기이함에 놀라 "이 차는 도대체 무슨 차인데 이토록 맛과 향이 독특합니까?"라고 묻자 위음은 꿈을 꾼 일과 그간의 사정을 자세히 설명해 주었다. 그리고는 그 훈장에게 "아직 차 이름을 짓지 못했습니다. 선생께서는 학식이 풍부하고 식견이 넓고 박식하니 이참에 이 차의 이름을 지어주시지요."라고 청하자 훈장은 이에 잠시 생각하더니 "음~! 이 차는 이왕에 관음보살의 현몽으로 얻은 것이고, 처음부터 차 모종을 가마솥에 심어서 재배한 것이니 '철관음(鐵觀音)'이라 하는 게 이 차에 딱 어울리는 멋진 이름이 될 것 같소."라고 말하자 위음은 그 이름에 흡족해하며 기뻐서 계속 "좋

철관음 전설도(대만의 <중국다도>)

습니다! 좋습니다."라고 탄성을 연발하였다고 한다. 이 후부터 이 차는 '철관음(鐵觀音)'으로 세상에 널리 알려졌으며 중국의 명차 중의 명차가 되었다.

(2) 왕사양(王士讓)에 관한 전설

철관음의 전설은 앞에서 언급한 '위음(魏蔭)의 전설' 외에도 또 다른 전설이 있는데 그것은 바로 왕사양(王士讓)이란 사람에 얽힌 전설이다. 전설에 의하면, 안계 서평(西坪) 요양(堯陽)이란 곳에 왕사양이란 선비가 있었다. '요양'은 현재의 서평진(西坪鎭) 남암촌(南岩村)이다. 어떤 기록에서는 왕사양(王士讓)을 '왕사량(王士諒)'이라고 하며, 청나라 옹정(雍正) 때 십 년간 부공(副貢)을 관직을 역임한 바 있다. 그는 평생 동안 기이한 꽃과 풀을 수집하기를 좋아하여 일찍이 요양의 남산(南山)자락에 서재를

왕사양의 전설(철관음)

짓고 '남헌(南軒)'이라 이름 붙이고 그 주변에 작은 화원을 일구어 여러 가지 희귀한 꽃과 풀들의 모종을 수집하여 재배하였다.

왕사양이 관직에 있을 때 청나라 건륭(乾隆) 원년(1736) 봄에 휴가를 내어 고향의 친지들을 방문한 적이 있는데, 그때 고향의 남암산 자락을 유람하다가 우연히 황무지 텃밭 층층이 쌓인 돌 틈 사이로 맑은 향이 간헐적으로 은은히 퍼져 나오는 것을 느끼고 그곳을 자세히 살펴보니 거기에 형태가 아주 독특한 차나무를 한 그루가 자라고 있었다. 특이한 차나무를 발견한 왕사양은 몹시 기뻐하며 곧바로 자신의 화원에다 옮겨 심었다. 관심을 갖고 지속적으로 세심하게 관찰해 보니 차나무의 성장 속도가 매우 빠를 뿐 아니라 가지와 찻잎도 다른 차나무에 비해 매우 무성하게 자라나고 있었다.

철관음 생엽 '위음정' 위에 위치한 철관음 고차수(古茶樹)

이듬해 봄이 오자 왕사양은 춘차

(春茶) 채적시기에 맞춰 찻잎을 따고 차를 만들어보니 그 차의 모양이 특이할 뿐만 아니라 냄새가 꽃처럼 향기롭고 맛이 아주 순후(醇厚)하였다. 그는 속으로 "이 차는 분명히 귀이한 차다."라 생각하며 자신이 만든 이 차를 정성을 다해 포장한 뒤 아무도 모르게 깊숙이 보관하였다.

청나라 고종 건륭제 "몽산세계 차엽박물관" 소장

건륭 6년(1741)에 왕사양이 황명을 받들어 황제가 있는 북경으로 부임하게 되었다. 이때 그는 자신이 만들어 깊숙이 보관해 두었던 차를 떠나는 길에 함께 가지고 북경으로 가서 예부시랑(禮部侍郎)으로 있던 방포(方苞)란 자에게 선물로 주었다. 방포란 자는 원래가 고가의 물건을 잘 식별하기 유명하였는데 그중에서도 특히 고급 차를 잘 감별할 줄 아는 능력을 가지고 있어 사람들은 그를 '차선(茶仙)'이라고 부를 정도였다. 방포는 왕사양이 선물한 차의 향기를 맡자말자 곧 비범한 차임을 감지하고 다시 포장을 하여 이내 곧 공품(貢品)의 형식과 예(禮)를 갖춰 건륭황제에게 바쳤다.

건륭황제는 평소 차를 무척 좋아하였으며 차를 우릴 때 사용되는 샘물에까지 조예가 깊어 천하를 다 돌아다니며 온 세상의 유명한 샘물의 서열까지도 스스로 직접 정할 정도로 차 애호가이자 다도전문가였다. 건륭은 방포에 의해 공차(貢茶)로 올라 온 왕사양의 차를 마셔보고는 "진정 '가품(佳品)'이로구나!"하고 극찬을 아끼지 않았다. 그리고 즉시 어명을 내려 왕사양을 불러오게 하였다. 건륭황제가 왕사양을 직접 만나보고는 "이 차는 도대체 어디서 구해 온 차인가?"하고 물었다. 이에 왕사양은 이 차를 발견하고 만들게 된 일련의 과정에 대해 조목조목 아뢰었다.

철관음 건엽

왕사양의 세심한 보고를 다 듣고 난 건륭은 다시 차를 꺼내어 세심하게 차의 외형을 관찰하였다. 그리고는 손대중으로 찻잎의 외형적 긴밀도와 무게 등을 측량해 보고는 말하기를 "이 차가 발견될 때 마치 관음보살의 모습과도 같이 신비스러웠고 그 무게가 쇠를 든 듯하니 '철관음'이라 이름하되 발견해서 이 차를 만든 곳이 '남암(南岩)'이니 이름 앞에 지명 두 자를 덧붙여 '남암철관음'이라 하자."라고 하였다.

이 전설을 결론적으로 요약하면 '안계철관음'은 곧 관세음보살께서 차를 하사하시고, 황제께서 이름을 하사한 차라는 것이다. 이러한 전설적 배경의 영향 때문인지 왠지 철관음을 마실 때면 특유의 난화향(蘭花香) 운치 위에 또 다른 고풍스러운 운치가 물씬 배어나는 듯하다. 따끈한 철관음 한 잔을 마주하고 찻잔 속에 이는 운무(雲霧)를 보노라면 산에 있지 않아도 나 자신이 어느덧 운무에 뒤덮인 깊은 산 속 계곡을 거닐고 있고, 산사(山寺)에 있지 않아도 맑은 청향 찻물 속에서 어느덧 관세음보살을 친견하는 듯하는 착각과 느낌이 들어 지난 업보가 씻어져 내리는 듯 마음이 편안해지는 것이 순간적이지만 잠시 세상풍파의 온갖 시름을 잊어본다.

독특한 풍격의 운남 보이차(普洱茶)

(1) 보이차(普洱茶)의 명칭과 유래

보이차는 중국의 십대 명차 중의 하나로서 그 역사가 아주 오래된 차이다. 그래서 과거에 많은 사람들은 습관적으로 보이차는 곧 운남차의 대명사로 통칭해 왔다. 더 자세히 말하자면 "운남에서 생산되는 모든 차는 곧 보이차다."라고 인식해 왔다는 것이다.

보이 공과차(貢瓜茶)-항주 차엽박물관 소장

실지로 보이차의 주요 생산지를 살펴보면 운남 창녕현(昌寧縣) 이남과 란창강(瀾滄江)의 동서 양안(兩岸)을 따라서 분포되어 있는데 봉경(鳳慶),

임창(臨滄), 쌍강(雙江), 영덕(永德), 맹해(勐海), 사모(思茅), 경홍(景洪) 등의 시(市)와 현(縣)들이다. 그중에서도 특히 서쌍판납(西雙版納)일대에 가장 많이 분포되어있다.

보이차의 명칭의 유래에 대해서 살펴보면 보이차가 지니고 있는 오랜 역사만큼이나 이에 대한 주장도 여러 가지 설로 난립하여 전하여 지고 있는데, 대략 세 가지로 정도로 살펴볼 수가 있겠다.

첫 번째, 세상에 전해지는 일설에 의하면, 보이차의 원산지가 바로 사모(思茅)지구의 보이현(普洱縣)이기 때문에 그 지명에 의해 보이차(普洱茶)란 차명(茶名)이 붙여졌다고 한다. 그러나 이 설은 보이차를 연구하는 많은 학자들로부터 별로 설득력을 얻지 못하고 있다.

전차(벽돌차)

두 번째, 보이차는 역사적으로 볼 때, 과거에는 '육대차산(六大茶山)'에서 생산되는 대엽종의 찻잎을 원료로 하여 청모차(靑毛茶)를 제작한 후, 다시 그것을 압제하여 여러 가지 종류의 형태의 긴압차(緊壓茶)를 제작하게 된 것이다. '긴압차'란 차를 제조하는 방식에 의해서 붙여진 이름인데, 기본 공정을 마친 차를 증기에 쪄서 단단하게 압착(壓着)하여 굳힌 차 또는 덩어리 차를 의미한다. 긴압차는 다시 그 만드는 외형에 의해 벽돌모양의 '전차(磚茶)', 둥근 떡 모양의 '병차(餠茶)', 밥공기를 엎어놓은 모양의 '타차(沱茶)', 그리고 버섯모양을 하고 있는 '향고차(香菇茶)' 등으로 나눈다. 흔히 우리나라 사람들이 많이 알고 있는 '보이전차'·'보이병차'·'보이타차'니 하는 명칭들이 모두 여기서 비롯된 것이다.

당시 보이현(普洱縣)은 운남성 남부 일대의 무역중심도시였으며 주요무역시장이었다. 아울러 역대로 운남성 일대의 차 무역의 집산지(集散地)였다. 운남 전 지역에서 생산되는 보이차는 모두 이곳에 집결한 뒤, 다시 재가공되어 중국 전역과 외국으로 수출되어 팔려나가게 되었던 것이다. 때문에 자연히 집산지

교목 보이병차(普洱餠茶)

의 명칭을 따서 '보이차(普洱茶)'로 통칭하여 부르게 되었다는 것이다. 현재 학계에선 이 주장이 가장 타당한 학설로 받아 들여지고 있다.

세 번째, 운남 현지 차생산지의 농가들 사이에선 조상대대로 전해지고 있는 아름다운 전설이 하나 있는데, 바로 '보이차(普洱茶)'란 이름의 문자에 얽힌 전설적 이야기이다. 약 7세기 무렵 운남의 고대 남조국(南詔國) 관할의 사모(思茅)와 서쌍판납(西雙版納) 일대에 염병이 발생하여 삽시간에 그 일대에 퍼져 무수히 많은 사상자가 발생하게 되었다. 이때, 보현보살이 중생을 구제하기 위하여 농부로 화신한 뒤, 푸른 잎을 따서 백성들에게 끓여 마시게 하였더니 마침내 전염병이 씻은 듯이 낫게 되었다. 그곳 백성들은 보현보살의 은덕을 감사히 여기고, 이때부터 대엽종의 차를 광범위하게 심게 되었다. 아울러 찻잎의 모양이 마치 보현보살의 귀처럼 생겼다 하

보이타차(普洱沱茶)-100g짜리 5개묶음

여 그 이름을 '보이(普耳)'라고 이름 하게 되었다. 불교에서는 "물이 자비(慈悲)를 뜻하기 때문에 그 후 사람들이 '귀이(耳)'자에다가 다시 '물수(氵)'자를 합하여 '보이(普洱)'라고 이름 하게 되었다."라고 전하고 있다. 이 설은 현지의 농민들이 조상 대대로 전해져 내려오는 차를 하늘이 내리신 은혜로운 선물로 감사해 하고 있음은 물론 차에 대한 숭배정신을 잘 반영해 주는 신화적 색채가 강력한 전설이라 하겠다.

(2) 중국의 전문가들이 주장하는 '보이차(普洱茶)의 정의'

보이차(普洱茶)의 정의에 대해서는 학자들 간에 아직은 이렇다 할 정론이 없이 이론(異論)이 분분하긴 해도 그렇다고 각자가 주장하는 '보이차의 정의'가 터무니없이 다른 것은 아니다. 물론 보는 사람의 관점에 따라 약간 차이는 보일지라도, 거의 대동소이하게 나타나고 있는 것 같다. 필자는 여기서 3권의 보이차에 관한 전문다서를 실례로 들어 그들 저자들이 어떻게 각자 보이차를 정의하고 있는 가를 소개해 보도록 하겠다. 근거를 제시하여 정의를 하고 있고 또한 그들 모두 보이차에 대한 권위자들이기 때문에 "어느 것은 틀렸고, 어느 것은 맞다."라고 흑백논리로 단정 짓기는 매우 위험하다. 다양한 학설과 주장을 넓게 포용하고 체득하는 것이 차학(茶學)의 발전에 있어 더 바람직하다고 생각한다.

① 주홍걸(周红杰), 『운남보이차(云南普洱茶)』의 보이차 정의

이 책에서는 보이차의 정의를 3가지로 나누어 설명하였다.

첫째, 보이차는 보이지방에서 생산된 차라는 것이다. 그러나 "보이차가 보이지방에서 생산된다."라는 부분에 대해서는 중국의 학자들 간에 아직도 여전히 많은 논란을 불러일으키고 있다. 혹자는 "보이현에서는 보이차가 생산되지 않고, 오직 차의 집산지이기 때문에 '보이차'란

주홍걸의 '운남보이차'

명칭이 유래 되었다."고 주장하고, 혹자는 "보이현이 차의 집산지일 뿐만 아니라 차도 함께 생산했다."고 주장한다. 두 주장이 여전히 팽팽하게 맞서고 있다.

그러나 이 정의는 명나라 때에 통용되었던 걸로 청나라 옹정(擁正) 10년(1732)을 전후하여 발생한 보이지방의 농민반란 진압사건 이후, 전란의 참상으로 보이차의 생산량이 거의 없어지면서 보이차가 보이지방에서 생산된 차라고 정의하는 시대는 끝났다.

두 번째, 보이차는 전서(滇西)와 전서남(滇西南)에서 생장한 대엽종 차로 만든 '쇄청모차'와 '긴압차(통칭, 生茶)'를 가리키며, 이러한 차들은 장시간의 저장을 거치면서 '자연후발효차(自然後發酵茶)'가 된다는 것이다. — 이 두 번째 정의에서의 '쇄청모차'와 '긴압차'는 모두 통칭 '생차'로 불려진다. 그리고 여기서 '전(滇)'이란 '운남(雲南)'의 고대의 지명이다.

세 번째, 쇄청모차(曬青毛茶)가 후발효의 가공처리를 거쳐 만들어진 산차(散茶)와 긴압차(통칭, 熟茶)를 가리키며, 숙차의 판매량의 비중이 크며 널리 보급되었다. 이 세 번째 정의에서의 '산차'와 '긴압차'는 모두 통칭 '숙차(熟

茶)'로 불려진다. 참고로 산차는 엽차를 말하고, 긴압차는 앞에서 언급했던 바와 같이 덩어리로 압착시켜 만든 차이다.

숙차는 채적 후 살청하여 손으로 비비고 햇볕에 건조하여 '쇄청모차'를 만든다. 그리고 다시 후발효의 공정 단계를 거쳐 숙성차로 만든다.

② 추가구(邹家驹), 『만화보이차(漫话普洱茶)』의 보이차 정의

운남성 '표준계량국'에서는 2003년 2월 보이차의 정의를 "보이차는 운남성의 일정구역 내의 '운남대엽종의 쇄청모차'를 원료로 삼아 '후발효'의 가공을 거쳐 '산차'와 '긴압차'를 만든다."고 공포(公布)하였다.

추가구의 '만화보이차'

이상에서 공표된 '보이차의 정의'는 세 가지 방면에서 설명한 것이다. 첫째, 운남성의 일정구역 내의 '대엽종차'라는 것이고, 둘째는 햇

볕을 사용하여 건조한다는 것이며, 셋째는 후발효의 공정과정을 거친다는 것이다.

③ 유근진(刘勤晋)이 쓴 『중국보이차의 과학독본(中国普洱茶之科学读本)』에 서 말하는 보이차의 정의

2004년 4월 국가농업부에서 반포된 중화인민공화국농업행업표준에 의하면, '보이차'의 정의는 크게 3종류로 나누어진다.

㉠ 보이산차(普洱散茶): 운남대엽종의 찻싹과 찻잎을 원료로 삼아 살청과 유념 쇄건 등의 공정 순서를 거쳐 만든 각종의 부드러운 '쇄청모차'를 다시 정형(定形), 숙성, 악퇴, 병배(拼配), 살균 등을 거쳐 각종 명칭과 등급별의 '보이아차(普洱芽茶)'와 '급별차(級別茶)'를 만든다.

㉡ 보이압제차(普洱壓制茶): '보이산차'의 반제품(半製品)을 각종 등급별로 나누어 시장의 수요에 따라 기계를 사용

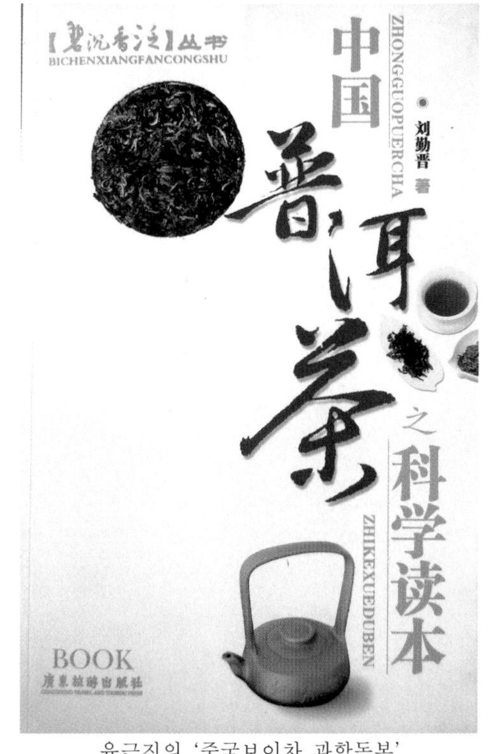

유근진의 '중국보이차 과학독본'

하여 타차(沱茶), 병차(餠茶), 전차(磚茶), 원차(圓茶) 등의 형태로 압착하여 만든다.

ⓒ 보이대포차(普洱袋泡茶): 보이산차를 만들다 나온 차 부스러기, 조각, 가루 등을 40개 이상의 바늘구멍이 난 자동계량포장지를 이용하여 포장한 각종 규격의 '보이차 티백'이다.

이상에서 보듯이 세 사람의 전문가들이 내린 보이차에 대한 정의는 크게는 같게 보이지만, 여전히 정의의 척도나 관점 면에서 약간씩 차이를 보이고 있다는 것을 알 수가 있다. 그러나 필자가 보기에는 위의 세 전문가의 정의는 참으로 조리 있고, 각자 주장의 근거가 분명하다. 어쨌든 보이차를 이해하는 데 독자들에게 많은 도움이 되었으리라 생각된다.

이상에서 서술한 3권의 책과 그 외의 문헌들을 종합해 보면, '보이차의 정의'를 내리는 것은 아주 어려운 것만도 아니다. 그러나 또 한편 아직 중국인들조차 이론의 정립이 확고하지 않은 상태에서 우리가 "보이차는 이것이다."라고 명확하게 정의할 정도의 안목과 지식을 갖추는 것 또한 결코 쉽지만은 않은 것 같다. 필자는 이 문제에 대해서 보이차를 아끼고 사랑하는 독자들의 몫으로 남겨두고 싶다.

(3) 보이차의 생산지 – 육대차산(六大茶山)

보이차의 생산지에 대해서도 여전히 논란의 여지가 많다. 왜냐하면 보이차를 어떤 이론적 관점에서 정의하느냐에 따라 그 범주가 달라지기 때문이다. 이는 오랜 세월을 보이현에 속해 있다가 근대에 이르러 따로 독립된 지역들이 있기 때문에 현지 주민들 간의 약간의 갈등요소로 인해 적지 않은 문제가 발생된 것 같다. 그러나 이 문제도 약간의 차이는 보일지라도 큰 차이점은 나타나지 않은 듯하다. 다행이도 보이차의 생산과 생산지 등에 관한 기록들이 옛 문헌에 많이 나타나니, 이를 근거로 살펴보도록 하겠다.

'운남에서 차가 생산된다.'는 최초의 기록은 당나라 의종(懿宗) 함통(咸通) 5년(서기 864)에 번작(樊綽)이 쓴 『만서(蛮書)』에서 "차는 은생성(銀生城) 경계 여러 산에서 난다.(茶出銀生城界諸山)"라고 기록한 부분이다. 이 기록은 남송(12세기) 때 이석(李石)이 지은 『속박물지(續博物志)』에도 똑같이 기록되어있다. 당시 '은생성'

은 오늘날의 '서쌍판납(西双版納)'주와 '사모(思茅)'시 관할 구역에 속한다. 그리고 청나라 광서(光緖: 1875~1908년) 연간에 찬술된 『보이부지(普洱府志)』의 1,7,19권 등에 보면 "보이(普洱)는 은생부(銀生府)에 속한다."고 하였다. 위의 기록 중에 보이는 '은생(銀生)의 여러 산(諸山)'은 곧 '6대 차산'을 의미한다. 1799년 청나라 단수(檀粹)가 지은 『전해우형기(滇海虞衡記)』에서 6대 차산에 대해 상세히 설명하고 있다. "보이는 여섯 차산에서 나오는데, 첫째가 유락(攸樂), 둘째가 혁등(革登), 세째가 의방(倚邦), 넷째가 망지(莽枝), 다섯째가 만단(蛮端), 여섯째가 만살(漫撒)이다." 또한 『보이부지』에는 "유락(攸樂)산은 은생부의 남쪽 칠백오리에 있으며 나중에 가포산(加布山)과 산습공산(山嶍崆山)으로 나누어진다. 망지산은 은생부 남쪽 사백팔십 리에, 혁등산은 은생부 남쪽 사백팔십 리

육대차산지(출처/엽우청정의 '보이차심원'-중국)

에, 만전(蛮磚)산은 은생부 남쪽삼백육십리, 의방산은 은생부 남쪽 삼백사십리에 있으며 이상의 다섯 산은 모두 의방(倚邦) 토사(土司)에서 관할한다. 여기서 토사란 원(元), 명(明), 청(淸)시대의 소수민족의 족장 세습 제도를 의미한다.

만살산은 곧 역무산(易武山)이며 은생부 남쪽 오백팔십 리에 있고, 역무(易武)토사에서 관할한다."고 하였다.

이상의 문헌과 그 외, 기타 자료들을 종합해서 정리하자면, 당나라 때 은생부(銀生府)는 경동성(景東城)에 위치하며, 경동(景東), 경곡(景谷), 진원(鎭原), 흑강(黑江), 보이(普洱), 사모(思茅), 강성(江城) 및 서쌍판납(西双版納)을 통할하였다.

송나라 때 대리국(大理國) 시절에는 위초부(威楚府: 楚雄)의 아래에 사모(思茅)지구, 유라타부(有羅陀部: 六順), 보일부(步日部: 보이), 마룡부(馬龍部: 흑강) 등을 두었다.

명나라 때엔 '보이'와 '사모'는 모두 여기에 소속되었다가, 청나라 때에 이르자 보이(普洱)는 보이부(普洱府)로 승격하고, 그 아래에 삼청(三廳), 일현(一縣), 일사(一司)를 두고 관할하였다. 즉, 사모청, 타랑청(他郞廳: 흑강), 위원청(威遠廳: 경곡), 녕이현(寧洱縣: 보이), 차리선위사(車里宣慰司: 서쌍판납) 등을 관할하게 되었다. 그리고 6대 차산(茶山)을 사모청의 경계에 포함시키고 보이차 생산의 핵심지구로 지정하였다. 그리고 청(淸)나라 때 완복(阮福)이 지은 『보이차기(普洱茶記)』에는 "소위 보이차는 보이부 경계 내에서 생산되는 것이 아니고, 대부분 생산지는 사모청의 경계에 속해 있다."라고 기록하고 있다.

현재 6대 차산 중에서는 역무(易武)의 차생산량이 여전히 제일 많다. 옹정 연간(1723~1735년)에는 무려 수십 만 명이나 되는 차상(茶商)과 차공(茶工)들이 이곳에 몰렸으며, 청나라 건륭 연간(1736~1795년)에는 또 석병현(石屛縣)의 한인(漢人)들이 대거 이곳으로 이주해 들어와 산에 차를 심고 재배하였다. 이로

야생고차수(교목) "항주차엽박물관" 소장

인해 6대 차산은 산마다 차밭이 형성되고, 가는 곳마다 인가가 없는 곳이 없을 정도로 흥성하게 되었다. 광서(光緖) 연간에는 역무차구(易武茶區)에 상주하는 인구만 10만 명, 마을 산채만 63개, 그리고 차를 사고파는 차행(茶行)과 차장(茶莊)이 20곳이나 생기게 되었다.

육대차산이 걸치고 있는 대부분의 지역은 북위 21°51′~22° 24′, 동경 101° 21′~101° 38′이고 해발 630~2100미터의 란창강(蘭滄江) 계곡 지대이다. 연평균온도는 17.2℃이고 연평균강우량은 1500~1900mm이다. 공기의 상대습도는 89%이며 비가 많이 오고, 습기가 많으며 일 년 내내 기후가 온난하고 운무로 둘러싸여 있다. 이러한 환경적 조건으로 말미암아 육대차산은 그야말로 보이차의 원산지 중에서도 최적합지가 된 것이다.

(4) 보이차의 종류와 분류

보이차의 종류와 분류를 세분하여 논하자면 상당히 복잡하다. 예를 들어 차나무의 품종에서부터 시작하여 차나무의 원산지, 차나무의 야생과 재배, 차의 외형, 찻잎의 종류, 포장방법, 보관방법, 제작방법, 제조차창, 제작도구

등에 따라 종류가 달라지기도 하고 그 분류를 따로 정하기도 하는 것이 마치 수많은 실타래가 서로 갈라지고 다시 엉키고 또다시 갈라지듯이 실로 매우 복잡하다. 어떠한 분류방법을 선택하느냐에 따라 그 종류는 달라지기도 하고 또 같아지기도 한다. 예를 들어 '생차(生茶)'와 '숙차(熟茶)'일지라도 그 형태가 둥근 떡 차의 형태면 모두 병차(餠茶)에 속한다. 또 같은 숙차라도 하나는 잎차이고 하나는 벽돌모양이라면 그것은 산차(散茶)와 전차(磚茶)로 구분되거나 혹은 '산차'와 '긴압차'로 구분된다. 그 만큼 보이차는 다른 어느 종류의 차보다도 그 종류와 분류 방법이 다양하여 상당히 복잡하다. 특히 보이차를 처음 접하는 초심자들에게 있어서는 더욱 더 그럴 것이다.

비록 이렇게 종류와 분류방법이 복잡한 보이차이긴 하지만, 필자는 여기서 일반적으로 널리 사용되는 몇 가지 방법의 예를 들어 그 종류를 간단히 살펴보도록 하겠다.

① 차나무의 종류와 찻잎의 크기에 의한 분류: 보이차는 차나무의 줄기의 크고 작음에 따라 교목(喬木)과 관목(灌木)으로 나누어진다.

교목형은 차나무가 굵을 뿐만 아니라 키도 상당히 높다. 나무의 본줄기는 굵고 거칠며 갈래로 뻗은 가지부분이 높다. 교목형의 차나무가 북쪽으로 전파되어 보급되는 과정에서 북쪽의 기온이 낮고, 남쪽보다 비교적 건조한 기후의 영향으로 나무의 형태가 점점 변하여 작아지면서 관목형의 차나무가 되었다. 또한 찻잎의 크기에 따라 대엽종과 소엽종으로 나누어 제다한다. 과거 보이차는 주로 대엽종 위주였으나, 청나라 때 옹정(擁正)황제의 심복인 '악이태(鄂尒泰)'가 운귀(雲貴: 운남과 귀주성)와 광서(廣西)의 총독으로 있을 때 보이차를 공차(貢茶)로 바친 이후, 보이차가 세상에 널리 알려지면서 거친 대엽종 위주로만 만들어지던 보이차는 이때부터 소엽종(小葉種)으로도 많이 만들어지게 되었다.

보이칠자병차(餠茶)

② 보이차의 외형에 의한 분류: 보이차는 주로 압착하여 만든

긴압차(緊壓茶)가 주를 이루기 때문에 그 성형(成形)에 따라 이름을 달리한다. 일반적인 차처럼 잎차로 만들면 산차(散茶), 둥근 떡 모양으로 만들면 병차(餠茶), 사각형의 벽돌모양으로 만들면 전차(磚茶), 사발모양으로 만들면 타차(沱茶), 버섯모양으로 만들면 향고차(香菇茶: 일명 班禪茶), 병차를 일곱 편으로 한 묶음 묶어서 대껍지로 포장하면 칠자병차(七子餠茶), 사람 머리 크기 모양으로 만들면 인두차(人頭茶), 궁정이나 조정에 조공으로 바치던 차는 궁정보이(宮廷普洱), 혹은 공차(貢茶) 등으로 불린다.

③ 발효방식에 의한 분류: 보이차는 발효방식에 따라 자연발효의 생차(生茶)와 가공발효의 숙차(熟茶), 악퇴차(渥堆茶)로 분류된다. 숙차는 제작과정에서 과학적인 인공발효법을 통해 제작되기 때문에 차성 본질의 자극성이 퇴화되어 입에 부드럽고, 쓴맛과 떫은맛이 경감됨으로써 시장에선 70% 이상의 소비자들이 숙차를 선호하는 편이다. 생차는 장기간의 자연발효과정을 거쳐야 하기 때문에 그만큼 오랜 세월을 인내하고 기다려야만 겨우 마실 수

◀생차, 숙차, 악퇴차의 구분▶

구 분	내 용	특 징
생차(生茶)	태양광에 의한 위조, 살청, 유념, 건조 등의 공정을 거쳐 만든 쇄청모차(曬青毛茶)를 원료로 하여 만든 전통보이차, 쇄청모차는 만든 즉시 신선한 상태에서 마시거나, 혹은 증압하여 긴압·성형하기도 하는데 이를 생차라고 한다. 긴압생차일 경우 시간과 공간에 자연 보관하여 원재료가 천천히 오랜 세월을 두고 차츰차츰 변화를 일으켜 오랠수록 그 진향(陳香)이 좋다.	원래 차성과 차 맛이 자연스럽게 오랜 세월을 거치면서 묵은 향이 생성된다. 고로 오래 묵힐수록 진향(陳香)의 가치는 높아진다.
숙차(熟茶)	생차를 보관 또는 운반과정에서 뜻하지 않은 혹은 인위적 환경, 즉 수열(水熱)·온도·습도 등의 영향을 받아 차 자체에서 상대적으로 빠른 후발효를 진행하여 원래 차의 본질에 변화를 일으켜서 생차 중의 숙성된 맛을 느끼게 된다.	원래의 차성의 맛이 후발효에 의해 이미 변화된 상태로써 차의 자극적인 맛이 적당히 퇴화된 상태이다.
악퇴차(渥堆茶)	1973년 이후에 출현한 악퇴차는 인위적으로 고온·고습·고열을 이용하여 찻잎(대엽종)의 자극적인 성질을 퇴화시켜 만든 차이다.	원래의 차성을 이미 상실한 상태이다. 인위적으로 과학적 발효를 통해 짧은 시간 내에 신속하게 무자극성의 차 맛으로 변화시키는 게 목적이다.

▲ 자료출처: 廖义荣의 『品味普洱TEA』

있다는 단점을 가지고 있다. 10년 이상 혹은 20년, 30년, 40년 뒤에도 겨우 몇 편(片)을 보관할 수 있겠는가? 전문 수장가(收藏家)가 아니라면 수십 년 동안의 오랜 세월의 풍화를 통해 자연 발효된 청병(靑餠)을 맛보기란 그리 쉽지가 않을 것이다. 설사 시중에서 살수 있다 할지라도 그 가격이 높아 일반 서민들은 살 엄두조차 못 낸다. 어쩌다 운이 좋아 전문 수장가가 오랜 묵은 보이차를 꺼내 마실 때, 그 곁에서 한두 잔 얻어먹을 수 있다면 그걸로 만족할 수밖에 없지 않을까? 때문에 필자는 중국에 다녀 올 적마다, 바로 마실 칠자병차 몇 편과 함께 먼 훗날 마실 값싼 녹타차(綠沱茶) 사오십 덩이를 사 가지고 와서 종이 상자에 넣어 보관해 둔다. 이미 15년이 넘은 것부터 칠 년, 오 년, 삼 년 된 것까지 있는데, 3년 지난 것도 벌써 향이 좋아지고 있다.

④ 보관방법에 의한 분류: 보관창고가 건창(乾倉: 건조한 창고)이냐 습창(濕倉: 습기를 가한 창고)이냐에 따라 차의 맛과 차품의 종류가 갈라진다. 건창에서의 자연발효를 할 때는 깨끗한 자연통풍이 되는 곳에 보관하여야 한다. 건창의 기본 조건은 낮의 온도가 20℃이고 공기 중 습도가 적어야 하며, 찻잎의 함수량은 10~12%를 유지해야한다. 이러한 조건이 충족

된다면 건창생차는 세월이 갈수록 그 향을 더해 가는데, 이를 진향(陳香)이라고 한다. 습창(濕倉)에서 인공발효는 상대적으로 안정된 환경 속에서 신속하게 발효하며, 찻잎이 매일 호흡하며 빠르게 발효된다. 고온, 고습, 고열의 방식을 이용하여 신속하게 '진향(眞香)'의 차 맛을 흉내낼 수 있어야 한다.

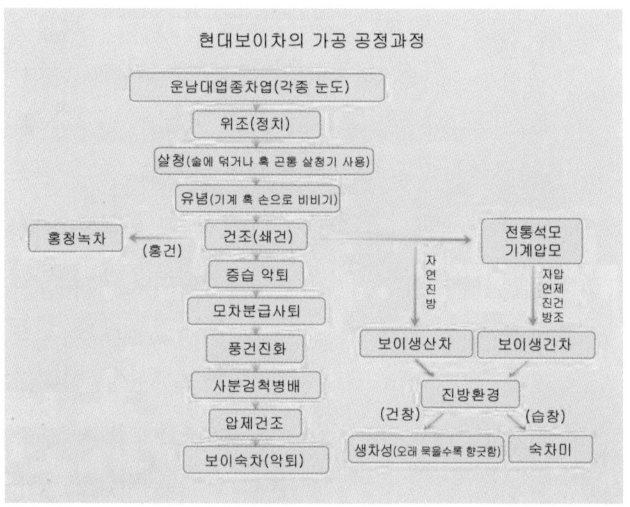

자료출처: 廖义荣의 『品味普洱 TEA』

(5) 보이차의 사대요결-청(淸)·순(純)·정(正)·기(氣)

① 제1요결: 그 맛의 향을 맡아 보았을 때, 차 맛이 맑아야 하며 곰팡이 맛이 있어서는 안 된다. 생차·숙차, 신차·구차, 형태, 가격 등을 막론하고 아무리 오랜 세월을 묵힌 차라 할지라도 곰팡이 냄새가 나서는 안 된다. 매변(霉變)이 이는 것은 보관 시에 실내·외의 통풍 및 적절한 온도가 유지되지 않은 상태에서 방치되었기 때문이며, 이는 먹을 수 없는 차이다.

② 제2요결: 탕색(湯色)으로 판별하기인데, 차색이 붉은 대추 빛이 나야지, 옻칠한 것처럼 검어서는 안 된다. 많은 차상들과 소비자들 대부분 착각하기 쉬운 것은 오래된 보이차일수록 우리게되면 차탕이 검을 것이라는 것이다. 그렇지 않다. 정상적인 진년 보이차는 오래 묵힐수록 향기롭고, 또 오래 보관하여 후발효가 서서히 진행됨에 따라 옅은 황색(차황소)에서 붉은 대추(차홍소)로 바뀌며, 약간 반지르르한 빛을 띠게 된다. 만약에 차를 우렸을 때, 탕색이 검게 나오거나 또는 차탕이 투명하지 않고 탁할 경우는 제대로 된 차라 할 수 없다.

③ 제3요결: 보관은 건창에 해야지 조습(潮濕)한 곳에 두어서는 안 된다. 보이차가 오래 묵힐수록 향기롭다고 하는 이유는 바로 보관 방법과 과정에 있다. 즉, 보이차는 보관 과정에서 어떠한 환경에서 보관되느냐에 따라 차품의 좋고 나쁨의 품질이 결정되기 때문이다. 어떤 종류의 보이차이건 간에 만약에 통풍이 안 되는 습기 있는 지하실에 보관한다면 곧 매변이 일어 그 차는 먹을 수 없는 차가 되고 만다.

④ 제4요결: 차탕(茶湯)을 품미하며 맛보는 것으로, 입 안으로 삼킨 차향의 되돌아오는 맛이 온화해야지 잡스러운 쾌쾌 묵은 맛이 나서는 안 된다. 일반적으로 차를 애호하는 사람들은 모두 차가 향기나 냄새를 흡수하는 성질이 매우 강하다는 사실을 알고 있다. 차는 어떠한 것에 비해 그 흡수성이 빠르고 강해 좋은 향이든 나쁜 냄새든 금방 흡수하는 성질을 가지고 있다. 그래서 현재 많은 사람들이 일상에서 나쁜 냄새를 제거할 때 차를 '제취제(除臭劑)'로 즐겨 많이 사용하고 있다.

보이차의 경우엔 오랜 세월을 보관하는 과

정에서 주위의 공간환경이 양호했는지 열악했는지를 그대로 나타내주기 때문에 위에서 언급한 제3요결의 보관방법이 그만큼 중요한 것이고, 반대로 제4요결의 차탕을 품미하며 차를 맛보는 요령으로 그 차의 보관 상태와 차의 진위를 감별해 낼 수가 있는 것이다.

〈부록〉

다경(茶經)의 산실(産室)

육우천(陸羽泉)을 찾아서

우리나라 사람들의 해외여행이 갈수록 그 수가 급증하면서 가장 값싸고 편하게 다녀올 수 있는 곳을 꼽으라면 아마도 주저하지 않고 꼽을 나라 중의 하나가 중국일 것이다. 대륙개방 직후의 낙후되었던 중국의 모습이 아직도 필자의 기억에 아직도 생생하건만 지금 중국은 정치, 경제, 사회 등 모든 분야에서 급속도로 발전하여 이제 그 아련한 옛 모습을 찾기란 그리 쉽지가 않다. 고도의 경제성장을 향해 바쁘게 질

항주시 여항(余杭)현에 있는 육우천(정문)

주하는 그들의 변해가는 생활과 모습 속에서 그래도 중국인들의 느긋한 옛 정취를 맛볼 수 있는 곳은 역시 차문화유적지이다.

중국의 여행지 어느 곳을 가도 차관(茶館)이 있고, 또 휴대용 차병(茶甁)을 들고 다니는 중국인들의 모습에서 여전히 삶의 여유가 남아 있음을 발견할 수 있다. 필자는 대만과 중국에서의 오랜 유학생활을 통해 차를 심고 따서 만드는 일에서부터 마시는 일에까지 어느 한 부분이라도 관심을 갖지 않은 분야가 없다. 현재 한국에서도 중국의 수많은 종류의 차와 다기들을 쉽게 만날 수가 있다. 차에 대한 지식 증폭도 가히 폭발적이다. 차생활(茶生活)의 취미에 흠뻑 빠져 있거나 직장 및 가정에서 그냥 평범하게 차를 즐긴다는 사람에 이르기까지 중국차나 중국다기를 한번쯤 경험하거나 소유하지 않은 사람이 거의 없을 정도이다. 더군다나 차에 대해 조예가 깊다거나 취미를 좀 가지고 있다는 사람들은 한걸음 더 나아가 지식적인 측면에서도 상당한 꿍푸(工夫)를 지니고 있다. 우리나라 다문화 저변에서 돌풍처럼 일고 있는 이러한 일련의 중국 다풍(茶風)이 우리 차문화의 정착과 발전에 악영향을 미친다거나 역효과를 주기 보다는 – 이 부분은 중국차를 취급하는 차상들의 올바른 사명감이 요구되는 부분이다. – 좀 더 긍정적으로 받아들여지고 차문화 발전에 좋은 자극제와 참고로 거울삼을 수 있는 밑거름이 되었으면 하는 게 필자의 소박한 작은 소망이다.

중국 서남 파촉(巴蜀)에서 기원하여 장강(長江)을 타고 동쪽으로 전파・보급된 차(茶)는 절강성 항주에 이르러 그야말로 중국 최고의 명차 용정차(龍井茶)를 낳고 그 명성을 천하에 휘날렸다. 뿐만 아니라 항주를 중심으로 분포되어 있는 수많은 다원(茶園)과 명천(名泉) 등 유명한 차문화유적지를 비롯해 차에 대한 재미난 역사적 이야기들도 수도 없이 많이 남기었다.

그 중에서도 특히 '차는 물을 빌어 비로소 그 향기를 발한다.(茶籍水而發)'는 문구가 말해주듯 항주에는 유명한 샘물이 많기로도 유명하다. 물은 불교(佛敎)에서 자비를 뜻한다. '보이차(普洱茶)'의 명칭유래에 얽힌 전설에서도 보면, 보이차의 찻잎이 보현보살의 귀처럼 생겼다하여 원래는 보이차(普耳茶)라 하였다고 전한다. 그 후에 귀 이(耳)자 옆에 물 수(氵) 변이 붙은 이유는 바로 불교의 자비를 상징하기 위해서였다고 한다.

늘 우리 인간들에게 물은 '있으면 그만이고, 없으면 난리가 나는' 만물에 있어서 결코 없어서는 안 될 중요한 생명의 원천이다. 좋은 물이 있는 곳에 비옥한 토지가 있고, 그 비옥한 토지에서 좋은 차도 나는 것이 아닐까?

항주에는 특히 다른 지역에 비해 명천(名泉) 유적지가 많다. 용정차의 명칭의 유래가 된 '용정(龍井)'에서부터 '호포천(虎跑泉)', 다경의 산실이 된 육우천(陸羽泉) 등이 그것이다. 필자는 그중에서도 다성 육우와 육우천(陸羽泉)에 얽힌 이야기에 대해 소개하고자 한다.

'육우천(陸羽泉)'은 절강성 항주시 여항구(余杭區) 경산진(徑山鎭) 쌍계(雙溪)에 위치하며 속칭 '육가정(陸家井)'이라고도 한다.

육우의 자(字)는 홍점(鴻漸)이며 일명 계자(季疵)이다. 자칭 쌍저옹(雙苧翁)이라 일컬으며 또한 경릉자(竟陵子)라고도 한다. 당대 복주(复州) 경릉(竟陵)사람이다. 경릉은 현재 중국 호북성 천문현(天門縣)이다. 스물한 살 때부터 중국 천하를 두루 돌아다니며 차생산지를 무려 32주(州)나 고찰하였다. 그리고 평생 동안 찻잎의 종식(種植), 제다(製茶), 팽다(烹茶), 음차(飮茶) 등에 관한 연구를 위해 엄청난 자료들을 수집하였다. 당나라 상원(上元: 760년) 초에는 초계(苕溪)에 은거하며 26년 동안이나 찻잎의 연구와 저술에만 몰두하였고, 드디어 세계최초의 『다경(茶經)』을 저술해냈다. 이 책은 다시 육우의 수차례에 걸친 증보과정을 거치 5년 후에야 비로소 세상에 그 모습을 드러내게 되었다.

항주시 여항현 육우천 내의 육우상

그는 당시에 단지 약용으로만 사용되던 차를 좀 더 광범위하게 음용할 것을 주장하였으며 마침내 그의 이러한 주장은 당시 사람들에게 크게 각광을 받았음은 물론 당대(唐代) 차업(茶業)의 흥성과 중국 다문화의 정립에까지 지대한 영향을 미치게 되었다. 정원(貞元) 19년(803), 향년 71세에 병으로 생을 마감하니 호주(湖州) 천저산(天杍山)에서 장례식이 치러졌다. 그는 죽은 후에 후인들에 의해 다성(茶聖)으로 추존되었고, 사람들은 그를 다신(茶神)의 예로서 제사를 지냈다.

육우가 초계에 은거할 때 차와 샘을 고찰하고자 천목산(天目山)을 찾은 적이 있는데, 그때 그가 이른 곳이 바로 천목산의 지맥인 경산(徑山) 북쪽 자락에 있는 쌍계(雙溪)였다. 쌍계는 당대(唐代)에는 오흥군(吳興郡)에 예속되었다. 육우가 천목산 주변의 흐르는 계곡의 물을 살펴보니 천목산 주위를 흐르는 모든 계곡 물들이 모두 두 시내(溪)를 통과하여 흘러서 초계의 상류에 모이고 있었다. 더욱 자세히 살펴보니 계곡의 바닥이 투명할 정도로 물이 맑을 뿐 아니라 주위의 산수 또한 수려하고 토양이 비옥하여 차를 심기에 아주 적합한 곳이라 여겨졌다.

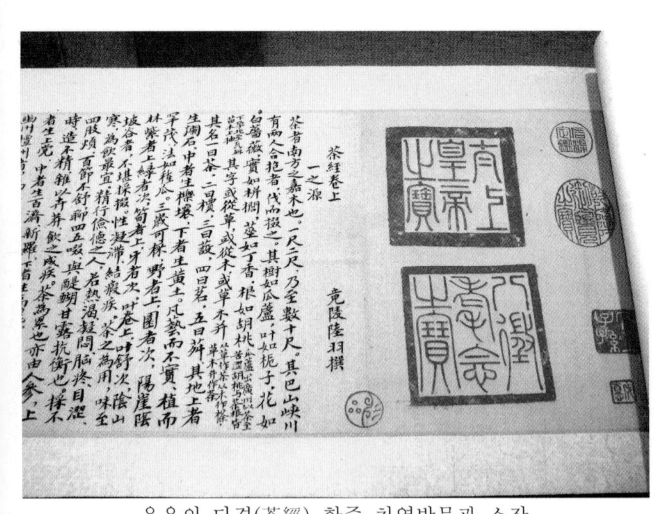

육우의 다경(茶經)-항주 차엽박물관 소장

그는 곧 야생차나

무의 씨를 따서 그곳 시골 노인들에게 심도록 하였다. 그리고 자신은 곧바로 산 밑을 흐르는 시냇가에다 갈대를 엮어 초옥(草屋)을 짓고 『다경(茶經)』의 저술에 몰입하였다. 그때 마침 육우의 초옥 옆에서는 아주 맑은 샘물이 솟아올랐다. 육우는 그 샘물을 길러다 차를 다려 마시며 전국 각지의 명차들을 세심하게 품명하였다.

육우천은 평면 장방형이며 남쪽 너비가 2미터이고 북쪽 너비가 1.1미터이며 동서 길이가 3.5미터이다. 수질이 달콤하고 청량하며 물이 마르지도 넘치지도 않는다. 현재 육우의 초옥은 남아있지 않고 샘물만이 옛날처럼 맑게 남아 있어 당시 다경의 저술에 몰입하던 육우의 마음을 전해

항주 여항 육우천

주고 있다. 당시에 차씨를 따고 뿌리던 곳이 있는데 현지에서는 '다자오(茶籽塢)'라고 부른다. 육우천은 1986년 항주시의 '시급문물보호단위(市級文物保護單位)'로 지정되었다.

문헌상에 기록된 중국
천하 제일천(天下第一泉)

고대 문헌 기록에 보이는 중국의 명천(名泉)들은 매우 많다. 모르긴 해도 중국다도의 범주에서 샘물에 관한 영역만 따로 떼어내어 전문적이고 심도 깊은 연구가 이루어져야 할 만큼 그 영역이 방대함은 물론 그것이 차에 미치는 영향 또한 대단히 크다.

중국의 곳곳에 산재되어 있는 명천들은 제각기의 특성과 우수한 수질을 자랑하며 숱한 고사를 안은 채 유구한 차의 역사와 함께 면면히 이어져 내려왔다. 이는 수질에 따라 차의 맛이 달라지고 있음을 반증함이 아니겠는가? 특히 다성(茶聖) 육우(陸羽)는 중국 전역을 편력하면서 차에 관한 조사와 연구뿐만이 아니라 샘물에도 지대한 관심을 갖고 심층적으로 조사하고 연구하여 중국 전역의 명천들을 20등급으로 나누었다. 그 외, 당대(唐代)의 저명한 품다가(品茶家)인 유백추(劉伯芻)도 전국각지의 차를 다리는 물의 수질을 맛보고 감정하고 차에 적합한 샘물을 일곱 등급으로 나누어 평가하였다. 여기서 '품다가'란 전문적으로 차를 품평하는 사람을 뜻하는 말이다.

특히 청대의 건륭제(乾隆帝)는 차가 없이는 하루도 살 수 없을(不可一日無茶以生) 정도로 차를 사랑했음은 물론 샘물에 대한 품평 지식도 실로 전문가를 능가할 정도였다. 지금도 그가 매겨놓은 천하명천의 등급은 여러 문헌에서 전하여져 후세 다인들의 차에 적합한 샘물의 선정에 훌륭한 지침서가 되고 있다.

중국에서 차에 관련된 유적지를 돌아보다 보면 '천하제일천(天下第一泉)'이라 불리어지는 명천들은 꽤나 많다. 사람들은 "천하에 하나밖에 없어야 할 천하제일천이 중국에는 왜 이리도 많은가?"하고 의아해 한다. 필자 또한 그중의 한 명이었지만 또 한편 곰곰이 생각해 보면 시대에 따라 수질이 변하고, 품평하는 자들의 입맛과 그 기준에 따라 달라질 수도 있다는 점을 감안하면 오히려 적다는 생각이 들기도 한다. 어쨌거나 여러 문헌을 통해 그중에서 가장 대표적이고 지명도가 높은 천하제일천(天下第

一泉)으로는 대략 네 곳으로 압축하여 볼 수가 있다.

첫 번째로 들 수 있는 곳이 육우가 자신의 저술인 『다경』에서 천하제일로 꼽은 여산(廬山) 강왕곡(康王谷)의 곡렴천(谷簾泉)이고, 두 번째로 들 수 있는 곳은 장우신(張又新)의 『전다수기(煎茶水記)』 중에서 유백추(劉伯芻)가 천하제일로 꼽은 진강(鎭江) 중령천(中泠泉)이다. 그리고 세 번째와 네 번째로 꼽을 수 있는 곳은 건륭제가 천하제일로 꼽은 북경의 옥천(玉泉)과 산동성 제남(濟南)시의 박돌천(趵突泉)이다.

천하제일천 – 여산(廬山)
강왕곡(康王谷)의 곡렴천(谷簾泉)

당(唐) 태종(太宗) 때 육우(陸羽, 733~804년)는 오랜 벗이자 신임 홍주(洪州, 지금의 南昌) 어사(御史)인 소유(蕭瑜)의 권유에 의해 신성(信城)에서 홍주 옥지관(玉芝觀)으로 이사하였다. 한번은 육우와 소유가 함께 여산(廬山)을 등산한 적이 있었는데 그때 그들은 산행 도중에 여러 차를 품미하고 또 여러 곳의 이름난 샘물들을 떠 와서 함께 품평하기도 하였다. 육우는 산행 중에 여산 동남(東南) 관음교반(觀音橋畔)의 초은천(招隐泉)과 여산 용지(龍池)의 산정수(山頂水)를 차례로 맛보고 평가한 뒤 하늘을 우러러 돌연 감탄하고 곡렴천을 칭송하여 말하기를 “여산 곡렴천(谷簾泉)의 물맛이 천하제일명천으로 손색이 없구나!” 그러자 옆에 있던 소유(蕭瑜)가 육우를 비아냥대며 말하기를 “천하의 명천이 수도 없이 많은데 어찌하여 곡렴천을 제일이라고 단정할 수 있겠나?"하였다. 이에 육우가 씨-익 웃으며 말하기를 "자네가 직접 곡렴천의 샘물을 길어다 한번 맛보면 곧 알게 될 것이다."하였다. 그 말을 들은 소유(蕭瑜)는 즉시 병사들에게 명하여 한양봉(汉阳峰) 아래 강왕곡(康王谷)으로 가서 곡렴천(谷簾泉)의 물을 길어 오게 하였다.

이틀 후, 병사들이 곡렴천의 물을 길어 돌아왔다. 육우는 그들이 길어온 곡렴천의 물을 가지고 여산의 특산품인 운무차(雲霧茶)를 다리었다. 천하제일의 명천인 곡렴천의 아름다운 물맛을 여러 사람들에게 맛보이게 할 작정으로 당대 최고의 서예가인 안진경(顔眞卿)을 비롯한 많은 지기(知己)들을 초청하였다. 사람들은 청순하고 향기 부드러운 운무차를 마시며 이구동성으로 "육우는 진정 샘물을 평가하는 평천(評泉)의 명수로 손색이 없네. 여산 곡렴천의 물맛은 정말로 아름답구나!"하고 감탄하였다. 그러자 육우는 이에 맞장구쳐서 "그렇다네. 곡렴천의 물맛은 초은천(招隱泉)과 용지산정수(龍池山頂水)보다 맑고 차가우며 또 향기롭고 달지!" 그리고 득의양양하게 찻잔을 들어 맛을 보았다. 그 순간 갑자기 육우의 표정이

일그러지고 말았다. "이 물은 아무래도 여산 곡렴천의 물이 아닌 것 같은데?" 육우의 말을 들은 모든 사람들은 아연실색하여 멍하니 바라보았다. 육우 곁에 있던 소유(蕭瑜)는 황급히 물을 길러 온 병사들을 불러서 "너희들 분명히 곡렴천의 물을 길러온 것이냐?" 하고 다그치자 그 병사는 사실이 들통날 것을 두려워하여 시치미 떼면서 "나리, 이것은 곡렴천의 물이 확실합니다."하고 황급히 둘러대었다. 근데 그때 마침 강주(江州)의 자사(刺史)를 지내고 있던 장우신(張又新)이 도착하였다. 강주는 현, 중국 강서성(江西省) 구강시(九江市)이며, 장우신은 그 유명한 『전다수기(煎茶水記)』의 저자

강왕곡 곡렴천

이다.

장우신은 육우가 여산 곡렴천의 물을 가장 좋아한다는 사실을 일찍이 알고 있었다. 그래서 특별히 여산 곡렴천의 물을 한 단지 길어서 육우의 다회에 참가하러 왔던 것이다. 이에 엉터리 샘물을 길어 온 병사들은 그만 들통이 나고 말았다. 곡렴천의 샘물을 길어서 돌아오다가 파양호(鄱陽湖)를 건너는 도중에 거센 바람과 큰 파도를 만나 그만 실수로 곡렴천의 샘물을 호수에 다 쏟아버리고 말았던 것이다. 그래서 하는 수 없이 곡렴천 샘물 대신에 파양호 호수의 물을 한 단지 가득 채워서 돌아왔던 것이다.

앞에서 거론 한 바와 같이 육우는 그의 저서 『다경』에서 천하의 명천 20종을 품평하였는데, 여산 관음교반의 초은천(招隱泉)을 천하 제6천(天下第六泉), 여산 용지산정수(龍池山頂水)를 천하 제10천(天下第十泉)으로 서열을 정하고 오직 여산 곡렴천만을 '천하 제1천(天下第一泉)'이라 하였다.

곡렴천은 강서 여산(廬山)의 최고봉인 한양봉(漢陽峰) 서쪽의 강왕곡(康王谷: 여산 삼대협곡중의 하나) 아래에 위치하며 여산 도화원(桃

花源) 경구(景區)의 주요경관지이다. 곡렴천은 한양봉에서 발원하여 강왕곡으로 절벽아래로 곧장 떨어지는데 그 길이가 무려 삼백오십장(三百五十丈: 약 1100미터)에 이른다. 실로 장관이 아닐 수가 없다.

우리나라에도 중국의 명천들처럼 우수한 수질과 특성을 자랑하는 샘물이 곳곳에 산재되어 있다. 어쩌면 그들보다 월등히 우수한 수질을 보유하고 있으리라 생각된다. 그러나 중국처럼 체계적인 조사와 심도 깊은 연구가 이루어지지 못한 것이 못내 아쉬움으로 남는다.

천하제일천(天下第一泉)
진강(鎭江)의 중령천(中泠泉)

또 하나의 천하제일천은 위에서 밝힌 바와 같이 장우신(張又新)의 『전다수기(煎茶水記)』에서 극찬한 중령천(中泠泉)으로서 일명 남령천(南泠泉 혹은 南零泉)이라고 한다. 중령천은 강소성 진강시(鎭江市) 금산(金山)의 서쪽에 위치한 석탄산(石彈山) 아래에서 발원한다. 이곳은 양자강 밑바닥의 지하수가 솟아올라 석회암의 틈새를 따라 흐르는 샘물로서 양자강에서 유일무이하게 샘물이 솟는 천안(泉眼)을 가지고 있는 곳이다.

기록에 의하면 고대에 샘물이 강 가운데에 있을 때, 장강은 서쪽에서 동쪽으로 흘러가다가 석해산(石解山)과 골산(鶻山)에 막히어 물의 흐름이 세 굽이를 돌아 흐르게 되었는데 세 굽이를 돌아 흐른다 하여 북령(北泠), 중령(中泠), 남령(南泠) 등 삼령(三泠)으로 나누어 부르게 되었다. 여기서 '령(泠)'은 "물이 굽이쳐 흐른다."는 것을 뜻한다. 이 삼령의 강 밑바닥에서 모두 샘물이 솟아 올랐다. 그 가운데 중령에서 샘물이 가장 많이 솟는다 하여 '중령천(中泠泉)'으로 통칭하여 부르게 되었다. 그래서 중령천(中泠泉)을 가리켜 '남령천(南零泉 또는 南泠泉)' 또는 '남령수(南泠水 혹은 南零水)'라 하는 것도 이러한 까닭이다.

이 샘은 이미 당대에 그 명성을 천하에 드날리게 되었다. 당대(唐代)의 유명한 품다가(品茶家) 유백추(劉伯芻)는 전국 각지의 수질을 품평하고는 차와 잘 어울리는 물을 7등급으로 나누었는데 그중 양자강의 남령수(南泠水)를 제일 등이라 평가·감정하였다. 이후, 중령천은 천하제일천(天下第一泉)으로 세상 사람들에게 회자되기 시작했다. 뿐만 아니라 다성 육우(陸羽)도 유백추(劉伯芻)보다 앞서 중령천(中泠泉)을 가리켜 천하제일천이라고 극찬하기도 하였다. 여러 고문헌에 의하면, 이후 무수히 많은 역대의 문인학사 및 고관대작들이 모두 중령천(中泠泉) 명성을 듣고 흠모하여 직접 이곳의 물을 길어다가 차를 다려 마시기 위해 구름같이 몰려들었다 한다. 송나라 때의 『태평광기

(太平廣記)』에 보면 당나라 때의 재상 이덕유(李德裕)는 사람을 시켜 금산의 중령천을 길어 오도록 차를 다려 마셨다는 기록이 있다. 또한 원나라에 항거해 싸웠던 중국의 민족영웅인 남송 때의 명장 문천상(文天祥)은 1276년 원나라 군사와의 담판에서 인질이 되었다가 진강 부근에서 간신히 탈출한 후 중령천의 샘물을 마시고는 그 물맛에 감동하여 즉석에서 시를 짓고 중령천(中泠泉)을 '천하제일천(天下第一泉)'이라고 극찬하였다. 이외에도 북송의 유명한 시인 소동파(蘇東坡: 蘇軾), 남송의 애국시인 육방옹(陸放翁: 陸游) 등도 중령천을 찬양하는 시를 짓기도 하였다.

천하제일천-진강(鎭江) 중령천(中泠泉)

옛날엔 이 샘물을 긷기가 결코 쉽지 않았던 것 같다. 금산(金山)의 역사를 기록한 『금산지(金山志)』에 의하면, 일정한 시간을 정해 놓고 길러야했는데, 자시(子時: 밤11~밤1시)와 오시(午時: 낮 11~오후1시)에만 가능했다. 물을 길을 때도 특수한 용기만을 사용하였다. 중령천은 파도가 높고 거센 양자강의 강 깊숙한 소용돌이 속에 위치하고 있어서 접근조차 쉽지 않았다. 동질(銅質)의 구슬과 덮개가 달린 동질의 호로병을 일정한 길이의 밧줄에 묶어서 강 한복판에 가라앉게 한 뒤 샘물이 솟는 굴(구멍)에 이르면 밧줄을 흔들어서 덮개를 연 다음 중령천의 샘물을 길었다. 이렇게 강 밑바닥에서 길은 샘물이 과연 진짜 중령천의 샘물이었을까? 전하는 말에 의하면 동전(銅錢)류의 금속화폐를 물을 가득 채운 잔속에 넣었을 때 물이 잔 입구 위로 2 내지 3센티미터까지 올라도 밖으로 넘치지 말아야 진짜 중령천 샘물이라고 한다. 이로 인해 중국 민간에는 "영배불일(盈杯不溢: 잔은 차도 넘치지 않는

천하제일천 중령천 앞의 감정(鑑亭)

다.)"이란 말이 전해져 내려오고 있다. 이는 지하수가 강 밑바닥의 석회암층의 무수한 틈새를 따라 구멍으로 흘러나오면서 진흙이 여과되고, 여러 종류의 광물질이 용해됨으로써 그 표면장력이 증대된 것이라 한다. 이렇듯, 중령천은 거대한 강 한복판에서 발원한 까닭으로 일 년 내내 수온이 비교적 낮은 편이다. 아울러 여러 종류의 광물질을 함유하고 있기 때문에 샘물은 비취(翡翠)처럼 녹색을 띠며 그 색이 짙을 땐 마치 경장(琼浆: 옥으로 만든 즙, 美酒)같아 그 순후함을 가히 알 만하다. 이 샘물로 차를 달이면 맑은 향기가 있고 시원하며 감미롭기 그지없다.

그러나 청대에 이르러서 근 백 년 동안 양자강 강변은 사토가 퇴적되어 모래톱이 높아짐에 따라 금산과 중령천은 곧 육지와 서로 연결되게 되었다. 중령천이 강안(江岸)으로 올라오게 된 지 얼마동안 그 모습을 잃어버리게 되었다. 그러던 중 청나라 동치(同治) 8년(1869)에 이르러 후보도(候补道)·설서상(薛书常) 등에 의해 다시 발견되었다.

현재 샘이 솟아나는 구멍인 '천안(泉眼)' 사방 주위엔 섬돌로 쌓아 만든 난간이 방형의 연못을 에워싸고 있다. 아울러 그 정면 돌 난간에는 청말(淸末) 장원 진강지부(鎭江知府)였던 왕인감(王仁堪)이 제자(題字)하여 써 놓은 '천하제일천(天下第一泉)'이란 글씨가 중령천의 명성을 자랑이라도 하듯 힘차게 써져 있다. 돌난간에 기대어 샘의 연못을 내려다보면 마치 하나의 명경(明鏡)과도 같아서 은하수 흐르는 달밤이면 더할 나위 없이 흥취(興趣) 있는 감상이 될 것이다. 연못의 남쪽에는 또 정자(亭子)가 하나 서 있어 이름 하여 '감정(鑑亭)'이라 하는데, "물과 샘을 거울삼아 비추어 본다."는 뜻이다.

정자 가운데는 유람객들이 잠시 쉬어갈 수 있도록 석조로 된 탁자가 놓여 있으며 바람 또한 상쾌하여 그 운치가 그윽하다. 연못의 북쪽에는 이층의 누각이 있으며 위, 아래층 모두 다실(茶室)로 사용되고 있다. 이곳 또한 경치가 그윽하여 유람객들이 차를 마시며 전원의 멋을 음미하기엔 더할 나위 없이 아름다운 곳이다. 누각 아래층 맞은편 벽 좌측에는 심병성(沈秉成)이 쓴 '중령천(中泠泉)'이란 글씨가, 우측에는 설서상(薛书常)이 쓴 '중령천'이란 글씨가 각각 석각(石刻)되어 있다. 샘과 연못 주위는 숲이 무성하고 풍경이 수려하여 그윽하니 아름다운 것이 마치 별천지에 있는 느낌이 든다.

천하제일천 표석

청나라 건륭제(乾隆帝)가 지정한 두 곳의 천하제일천

북경의 옥천(玉泉)과 산동 제남의 박돌천(趵突泉)

(1) 북경의 옥천(玉泉)

중국의 청나라 황제 중에 십전무공(十全武功)을 자랑하던 건륭황제는 평생 차를 좋아했을 뿐만 아니라 샘물에도 무척 조예가 깊어 중국 천하를 두루 편력하면서 방방곡곡의 유명한 샘들을 맛보고는 서슴없이 북경의 '옥천(玉泉)'과 제남(濟南)의 '박돌천(趵突泉)'을 동시에 천하제일천(天下第一泉)으로 명명하였다.

문헌에 의하면 건륭황제는 차를 마실 때 반드시 물을 가려서 썼다고 한다. 중국 전역에 산재되어 있는 수많은 명천들을 찾아다니며 직접 물맛을 보았을 뿐만 아니라 은두(銀斗: 은으로 만든 국자 같은 것)를 가지고 다니며 물의 경량(輕量)을 측정한 뒤, 그 결과를 가지고 천하샘물에 등급을 손수 결정하였다고 한다. 건륭이 북경의 옥천(玉泉) 샘물을 은두(銀斗)로 측정해 보니 "옥천의 물은 어리고 비중이 가장 작았으며 똑같은 은두로 측정한 타 샘물에 비해 그 무게가 가장 가벼웠다."라고 평가하였다. 건륭은 이에 서슴없이 옥천의 샘물이 차를 우려 마시기에 가장 적합한 물이라고 칭찬한 뒤 천하제일천(天下第一泉)으로 정하였다.

이외에도 건륭은 『옥천산천하제일천기(玉泉山天下第一泉記)』에서: "무릇 산 밑에서 나오는 찬 샘물 중에서는 정말로 경사(京師: 북경)의 옥천(玉泉)만한 것이 없다. 그래서 천하제일천이라고 정했다."라고 하였다.

실제로도 옥천의 수질은 상등에 속하며, 이 물로 차를 우려내면 우려낸 찻잎에서 빛이 날 정도라고 한다.

옥천은 북경의 서쪽 교외에 있는 옥천산(玉泉山) 동쪽 자락에 위치하고 있다. 명대의 학자 장일규(蔣一葵)가 천진(天津)의 풍물에 대해 기록한 『장안객화(長安客話)』란 문집에는 "만수사(萬壽寺)를 나와 시내를 건너면 서쪽 십오리에 옥천산(玉泉山)이 있는데 샘물(옥천: 玉泉)의 이름에서 유래하였다."라고 기록하고 있다. 이로 미루어 당시 옥천의 명성이 어떠했는지를 가히 짐작할 수 있겠다.

(2) 제남(濟南)의 박돌천(趵突泉)

산동성 제남(濟南)은 역대로 좋은 샘물이 많기로 유명한 도시인데, 명천(名泉)의 수가 무려 72 곳이나 된다. 그래서 제남을 일컬어 '천성(泉城: 샘물의 도시)'이라고 한다. 그래서 박돌천 공원 입구 맞은편에는 제남이 샘물의 고장임을 자랑하듯 드넓은 광장이 펼쳐지는데, 이곳이 바로 '천성광장(泉城廣場)'이다. 박돌천(趵突泉)은 제남의 72명천(名泉) 중에서도 단연 으뜸이다. 박돌천(趵突泉)은 또 일명 '함천(檻泉)'이라고도 하며, 산동성에 있는 유명한 강인 '낙수(濼水)'의 발원지로서 이미 2,700년이란 유구한 역사를 가지고 있다.

박돌천의 수질은 청정할 뿐만 아니라 그 물맛이 달고도 차갑다. 이 물

천성광장(泉城廣場)-박돌천 앞

을 오랫동안 마시게 되면 신체건강에 유익하고 물을 다려 차를 우려 마시면 그 향이 그윽하고 맛 또한 진하고도 부드럽다.

박돌천은 샘물이 솟아올라 못을 형성한 곳인 '천지(泉池)'의 물 밑바닥에서 솟아 나오는 샘물로서 샘물이 솟는 구멍인 '천안(泉眼)'이 세 곳이나 된다. 그래서 더욱 사람들의 신비감을 자아내고 있다. 여기서 하루에 솟아나는 샘물의 양은 최대 16.2평방미터까지 된다. 2007년 여름 필자가 이곳을 답사했을 때도 이 세 곳의 천안은 어느 한 곳도 마르거나 멈춤이 없이 동시에 샘물을 쏟아 올리고 있는데, 그 소리는 마치 천둥이 숨은 듯하여 이내 곧 어디선가 천둥이 칠 것만 같았다. 못(池)의 밑바닥의 세 천안에서부터 수면 위로 솟아올라 물결을 이루는 모양이 마치 수면 위에서 세 개의 수레바퀴모양을 하고 있어 보는 이로 하여

산동성 제남시 박돌천(趵突泉)

금 더욱 경탄과 신비감을 금치 못하게 하고 있다.

천지(泉池)는 바로 이 세 곳의 천안에서 물이 샘솟아 못(池)을 이룬 곳이다. 못의 길이는 30미터, 너비는 18미터, 깊이는 2.2미터이다.

박돌천의 물은 일 년 내내 항상 섭씨 18도 정도를 유지하고 있어 추운 겨울에는 수면 위로 수증기가 모락모락 피어올라 마치 얇은 운무(雲霧) 층을 형성하고 있는 듯하다. '천지(泉池)'는 깊고 고요하고 물결은 맑고 깨끗하다. 또한 그 옆엔 아름다운 채색으로 장식된 누각이 있고 그 기둥과 들보엔 화려한 조각과 그림들이 그려져 있어 정말 박돌천과 잘 어울리는 마치 한 폭의 신비스러운 인간계의 선경(仙境)을 보는 듯하다.

'관란정(觀瀾亭)'표석

천지(泉池)의 서편에 못 안쪽으로 돌출하여 서있는 물을 관람하는 정자인 '관란정(觀瀾亭)'은 명나라

천순(天順) 5년(1461)에 지어진 것이다. 정자의 안쪽에는 관람객들이 천지를 감상할 수 있도록 돌로 된 탁자와 석등(石燈)이 설치되어 있다. 정자의 서쪽 벽에 새겨진 '관란(觀蘭)'은 명대의 서예가의 묵적이고, '제일천(第一泉)'이라고 석각(石刻)된 표석은 청나라 동치(同治) 연간의 서예가 왕종림(王钟霖)의 친필이다. 정자의 서쪽에 '박돌천(趵突泉)'이라고 새겨진 석비는 명대(明代) 산동순부(山东巡府) 호찬종(胡缵宗)이 쓴 것이다.

박돌천은 현재 여러 명천(名泉)들과 함께 박돌천 공원 내부에 있다. 박돌천(趵突泉)공원은 산동성(山東省) 제남시(濟南市) 중심에 있으며 박돌천남로(趵突泉南路)와 낙원대가(濼源大街) 중간에 위치하고 있다. 남쪽으로 천불산(千佛山)을 등지고 있으며, 동쪽으로는 천성(泉城)광장을 대하고, 북쪽으로는 대명호(大明湖)를 바라보고 있다. 공원의 총면적은 9십 4만 8천 평방미터이다. 박돌천공원은 샘(泉) 위주로 조경을 갖춘 아주 특색 있는 풍치림(風致林) 공원이다.

박돌천 천지(泉池) 북쪽 기슭에는 창이 밝고 깨끗한 내실을 갖춘 건물이 하나 있는데 이곳이 그 유명한 '봉래사(蓬萊社)'라는 차관(茶館)이다. 이곳은 일명 '망학정차사(望鶴亭茶社)'라고도 한다. 일설에 의하면 청나라의 강희(康熙)황제와 건륭(乾隆)황제가 모두 이곳에서 조용히 앉아 차를 마시며 샘물을 감상하는 등 박돌천의 온갖 풍취를 즐기었다고 한다. 그때 박돌천의 물로 차를 우려 마시고는 "봄차 박돌천 물에 적시니 그 맛이 더욱 일품이다."라고 감탄하고는 남쪽을 순례 중에, 마시려고 휴대하고 왔던 북경 옥천(玉泉) 샘물을 모두 박돌천의 샘물로 바꾸었다고 한다. 그래서 현지에서는 "박돌천 물을 마시지 않으면 제남(濟南)의 여행을 헛했다"라는 말이 있다.

공원 내에는 박돌천 외에도 물맛이 좋기로 유명한 샘물이 많이 있다. 여류시인 이청조(李淸照)의 호를 따서 붙인 수

'수옥천(漱玉泉) 앞의 이청조 사당

옥천(漱玉泉)이 있고, 그 외 유서천(柳絮泉)·황화천(黄华泉)·파우천(趴牛泉)·금선천(金线泉)·노금선천(老金线泉) 및 마포천(马跑泉), 계천(溪泉) 등이 바로 그러하다.

이밖에도 이곳은 역대 유명한 문인들이 많이 다녀간 곳으로 유명하다. 그들이 박돌천을 찬미한 시와 문장, 그리고 그들과 얽힌 재미난 이야기와 그들을 기념하기 위해 세워진 건축물들이 많이 남아 있어 중국차문화사에 대한 교육뿐만이 아니라 일반관광이나 중국문학, 중국문화사적인 측면에서도 매우 좋은 역사 현장이라 생각된다.

'수옥천(漱玉泉)'

최고의 찻물 천수(天水)와 지수(地水)

연수(軟水)와 경수(硬水)의 구분

차를 마실 때 차와 함께 반드시 없어서는 안 될 것이 바로 물이다. 사람들은 돈이든 물건이든 간에 무언가를 아끼지 않고 마구 낭비할 때 흔히들 "마구 물 쓰듯 한다."고 말한다. 물은 생명의 발원이며 인간을 포함한 모든 생명체에게 있어 가장 소중함에도 불구하고 오히려 우리는 부정적인 의미로 더 많이 사용해 왔던 것이다. 다른 나라에 비해 너무나도 깨끗한 물을 별 어려움 없이 써왔던 터라 물의 고마움을 당연한 것으로 여기어 오히려 그 소중함과 절실함을 잊고 살아온 건 아닌지 모르겠다.

차를 마심에 있어도 많은 이들은 차의 우열(優劣)만을 따지기에 급급하지 그 차를 "어떤 물로 우려내어 마시는가?"에는 별 관심을 갖고 있지 않은 듯하여 차를 애호하는 한 사람으로서 안타까운 마음을 금할 길이 없다. 우리나라의 다성(茶聖) 초의(艸衣)선사가 쓴 『다신전(茶神傳)』〈품천(品泉)〉편에는 "차는 물의 신(神, 마음 또는 정신)이요, 물은 차의 몸(體)이니, 제대로 된 물이 아니면 그 정신이 나타나지 않고, 제대로 된 차가 아니면 그 몸을 나타낼 수 없다."라고 차와 더불어 물의 중요성도 함께 언급하고 있다.

우리와는 달리 수질(水質)이나 양적인 면으로 모두 물 사정이 좋지 않은 중국에는 더욱 물의 절실함을 느꼈기에 물에 대한 연구가 오랜 세월 차의 발전과 함께 병행되어 온 듯하다.

과학적 근거에 의하면, 물은 일반적으로 경수(硬水)와 연수(軟水)로 분류된다.

경수(硬水: Hard Water)는 물분자속에 금속물질이 포함되어 있는 것으로 '센물'이라고 하며 연수(軟水: Soft Water & Conditioner Water)는 물의 생성 시 자연 상태의 순수한 자체를 말하며 '단물'이라고 한다.

오랜 동안 전해져 내려오는 중국차학계의 물 구분법에 근거하여 더 자세히 정의하자면, 이른바 연수(軟水)는 칼슘이온과 마그네슘이온의 함유량이 물 1리터당 10밀리그램을 초과하지 않는 물을 가리킨다. 그 함유량이 10밀리그램을 초과할 경우 그 물은 곧 경수(硬水)가 되는 것이다. 그러나 이러한 과학적 정의는 아마도 과학계에 종사하는 사람을 제외하고는 우리 일반인들에게 있어 매우 생소하여 이해가 쉽지 않을뿐더러 그저 막연하게 추상적으로 와 닿을 것이다.

그래서 중국의 차학계(茶學界)에서는 일반인들이 간편하고 알기 쉽게 구분할 수 있도록 다음과 같이 정의하고 있다. "오염되지 않은 자연계의 상태에서 이루어진 물, 즉 눈이 녹아서 물이 된 설수(雪水), 빗물, 이슬이 맺혀서 물이 된 노수(露水) 등은 '천수(天水)'라 하며 모두 '연수(軟水)'에 속한다. 그 외, 땅을 경유하여 생겨난 샘물, 강물, 냇물, 호수, 우물 등은 모두 '지수(地水)'라 하며 '경수(硬水)'에 해당한다."

초의선사(艸衣禪師)

一. 천수(天水= 軟水)

위에서 언급한 바와 같이 옛사람들은 차를 우려낼 때 사용하는 빗물이나 설수(雪水)를 가리켜 '천수(天水)' 또는 '천천(天泉)'이라 하였다. 빗물과 눈(雪)은 비교적 순수하고 정결하기 때문에 비록 빗물이 내리는 과정 중에 먼지나 티끌 그리고 이산화탄소 등의 오염물질이 섞여 있을지라도 염분의 함량이나 경도(硬度)는 지수(地水)에 비해 상대적으로 매우 적기 때문에 사람이 차를 마시기 시작한 이래로 줄곧 오랜 세월을 차를 우리는 데 가장 적합한 물로 애용되어 왔다. 그중에서도 특히 설수(雪水)는 중국 고대 문인들과 다인들에게 찻물로 널리 애용되어 왔다.

연수(軟水: 즉, 天水)로 차를 우려 마시면 그 차향이 그윽할 뿐 아니라 맛 또한 순후(醇厚)하기 그지없다. 중국의 사대(四大)소설 중의 하나로 청나라 때 조설근(曹雪芹)이 쓴 『홍루몽(紅樓夢)』에서는 귀족층의 다인들이 "격년(隔年)으로 불순물을 제거하여 깨끗하게 저장하여 둔 빗물(雨水)로 '노군미(老君眉: 복건의 백차)'를 우려 마시고, 또 매화꽃 위에 내린 눈을

녹여 만든 물(雪水)을 지하에서 5년 동안 저장해 두었다가 차를 우려 마셨더니 그 맛의 청순함이 비길 데가 없었다." 라고 묘사하고 있다.

설수(雪水)는 연수(軟水)로서 깨끗하고 시원하여 찻물로 사용하면 탕색(湯色)이 곱고 밝을 뿐더러 그 향과 맛이 일품이다.

그밖에도 공기가 청정할 때 내린 빗물은 찻물로 사용할 수가 있다. 그러나 계절에 따라 빗물의 수질 정도가 큰 차이를 보이기도 한다. 예를 들어 가을은 하늘이 높고 기운이 상쾌하여 공기 중에 먼지가 비교적 적고 빗물이 맑아 차를 우리면 그 맛이 상쾌하고 입 안에 차향이 회감(回甘)한다. 장마철에 바람에 날리는 가랑비는 미생물의 번식에 유리하여 가을 찻물보다 비교적 질이 떨어진다. 또한 여름철에 천둥번개를 동반한 빗물은 항상 모래가 날리고 돌이 뒹굴기 때문에 수질이 깨끗하지 못할뿐더러 찻물로 이용을 하면 차탕(茶湯)이 혼탁해져서 마시기에 부적합하다.

二. 지수(地水=硬水)

대자연에 속하는 물중에서 산의 샘물, 강물, 냇물, 호수, 바닷물, 우물물을 통칭하여 모두

'지수(地水)'라고 한다.

샘물(泉水)은 산의 바위 틈새나 혹은 지층 깊숙한 곳에서부터 수차례에 걸쳐 여과과정을 거쳐서 땅위로 솟아오르기 때문에 비교적 수질이 안정되어 있다. 그러나 지층에 스며드는 과정 중 비교적 많은 광물질들이 샘물에 녹아내리기 때문에 염분함량과 경도 등이 천수(天水)에 비해 비교적 큰 차이를 보인다. 그러므로 산에서 나는 샘물들이 모두 상등(上等)이라 할 수 없으며 특히 유황(硫黃) 광천수의 경우는 마실 수가 없다.

반면, 강물과 냇물, 호수의 물은 모두가 땅위를 흐르는 '지면수(地面水)'로서 광물질의 함유량은 많지가 않으며 통상 잡물이 비교적 많은 편이다. 그래서 혼탁의 정도가 심하며 비교적 오염되기가 쉽다. 그래서 강물은 일반적으로 찻물로 쓰기엔 이상적이지가 못하다. 그러나 오염되지 않은 깨끗한 강물이나 냇물 및 호수의 물 등은 잡물을 가라앉힌 후에 찻물로 사용할 수도 있다.

우물물은 지하수에 속하며 찻물로 쓰기에 적합한지의 여부는 한마디로 단정 짓기는 어렵다. 일반적으로 볼 때, 지반이 얕은 층의 지하수는 지면에 오염되기 쉽기 때문에 수질이 비교적 떨어진다. 그래서 깊은 우물이 얕은 우물보다 비교적 좋다 하겠다. 그리고 도시의 우물물은 오염이 많이 되어 있어 짠맛이 많이 나기 때문에 찻물로는 적합하지 않다. 그러나 시골의 우물물은 오염도가 낮고 수질이 좋아 마시기에 비교적 적합하다.

수돗물은 인공 정화과정을 거쳤기 때문에 찻물로 사용해도 무방하다. 그러나 소독약품의 냄새가 너무 짙거나 혹은 각 아파트나 집안의 물탱크의 오염의 정도가 심할 경우 차향을 제대로 낼 수 없을뿐더러 차탕(茶湯)이 혼탁해지기 쉽다. 이럴 경우는 찻물로 쓸 수 없으니 각자 개인이 각별히 수질의 상태를 살펴본 후 사용하여야겠다.

저자 : 촌안(村顔) · 박영환(朴永煥)

- 대만 동해대학(東海大學) 역사연구소 석사
- 중국 사천대학(四川大學) 역사문화학원(歷史文化大學) 박사
  박사학위 논문: 「汉藏茶马贸易对明清时代汉藏关系发展的影响」 (2003년)
- 부산여대 부설 한국다도협회 다도대학원에서 수년간 〈중국차문화(中國茶文化)사〉 특강
- 성신여대(석·박사 과정)와 동국대(경주) 불교문화대학원(다도학과) 등에서 〈중국차문화사〉, 〈중국차산업(中國茶産業)〉, 〈한장다마무역(漢藏茶馬貿易)〉 등을 강의
- 2007년 동국대학(경주) 교양학부 고전세미나 겸임교수 역임
- 현) 중국 사천대학(四川大學) 객좌교수(客座教授)
- 현) 동국대학(경주) 중문과, 한의과대학, 불교문화대학원 등에 출강 중

— 주요 논문 및 저술 —

- 「명청시대(明淸時代)의 한·장다마무역(漢藏茶馬貿易)」, 『茶學硏究』, 1998년 (부산여대 다문화연구소)
- 「명대한장다마무역(明代漢藏茶馬貿易)의 발전-그 제도와 형식을 중심으로」, 『慶州史學』, 2001년 12월
- 「한·장다마무역(漢藏茶馬貿易)의 성립배경」, 『한국마케팅과학회』 2002년 추계 학술대회 발표논문집, 2002년 11월 (경남 창원대학교, 경영학과)
- 「清代茶馬貿易衰落及其衰落原因探析」, 中国『西南民族学院』, 2003年 2月 (中国, 四川省 成都, 西南民族大学)
- 「明代汉藏茶馬貿易的特點及其作用」, 『西藏开发中西藏及其他藏区特殊性研究』 (冉光榮·李涛 主編), 2003年 8月(中国, 哈尔滨, 黑龙江出版社)
- 「中國的浪漫主義文學思潮」, 『國際言語文學』 제8호(中文論文), 2003.12.(경주)
- 「중국차문화(中國茶文化)의 변천과정」, 『禪과文化』, 2006년 8월 제3호 (한국선문화학회)
- 「당시(唐詩), 이백(李白)과 두보(杜甫)」, 『고전세미나』, 2007.8. (동국대학교 인문과학대학 편)

그 외,

- 계간 『다담(茶談)』에 10년간 차학(茶學)에 관한 논고, 수 십 편을 발표함
- 월간 『선원(禪苑)』에 3년(2006~2008)간 〈차문화기행〉 논고 연재함
- 월간 『다도(茶道)』에 2008년부터 현재까지 차문화 관련 논고 연재 중

명산(名山)·명사(名寺)에서 명차(名茶)가 난다

2010년 12월 27일 초판 인쇄
2011년 1월 5일 초판 발행

지은이 박 영 환
발행인 한 신 규
편 집 오 행 복
발행처 도서출판 문현
주 소 서울특별시 송파구 문정동 99-10 장지빌딩 303호
전 화 (02) 443-0211
팩 스 (02) 443-0212
등 록 2009년 2월 23일 제2009-14호
E-mail mun2009@naver.com

ISBN 978-89-94131-03-0 93820
정 가 22,000원